刊 前 刊 后

— 陈平原 著 —

图书在版编目 (CIP) 数据

刊前刊后 / 陈平原著. –– 北京：
生活·读书·新知三联书店，2015.8
ISBN 978-7-108-05302-2

Ⅰ.①刊… Ⅱ.①陈… Ⅲ.①序言 – 作品集 –
中国 – 当代 Ⅳ.① I267

中国版本图书馆 CIP 数据核字 (2015) 第 066023 号

责任编辑　卫　纯
装帧设计　张　红　朱丽娜
责任印制　郝德华
出版发行　生活·讀書·新知 三联书店
　　　　　北京市东城区美术馆东街22号
邮　　编　100010
经　　销　新华书店
网　　址　www.sdxjpc.com
印　　刷　北京鹏润伟业印刷有限公司京
版　　次　2015年8月北京第1版
　　　　　2015年8月北京第1次印刷
开　　本　787毫米×1092毫米　1/32　印张10.625
字　　数　200千字　插图52幅
印　　数　0,001–5,000册
定　　价　48.00元

（印装查询：010-64002715；邮购查询：010-84010542）

小引

　　此书与我今年1月刊行的《自序自跋》相匹配——后者收录著作序跋，本册则是编书的前言后记。如此说来，边界很清晰；其实不然，此编远比《自序自跋》头绪纷繁，必须添上很多说明文字，方能"自圆其说"。

　　不妨先从第三辑说起。我编校的书籍不止这些，起码有一半没在此露面。隐身的原因是，其序言或已融入学术著作（如《触摸历史与进入五四》、《"新文化"的崛起与流播》），或收在随笔集中（如《假如没有"文学史"……》、《花开叶落中文系》），故只在附录的《陈平原编校序跋存目》中提及。与此相反的是《学术史与规范化》，原书最终没能刊行，此处保留其序言及目录，为的是"立此存照"。至于若干自刊本，虽未公开发行，其序跋作为"别具一格的文章"，照收不误。另外，1996年河北教育出版社推出的"中国现代学术经典丛书"，我负责章太炎、胡适、鲁迅三家，编校时下了不少功夫；因这套丛书没给编校者留下说闲话的地方，只好以此三家"小传"代替。

其实，我更得意的是第一、第二辑，因其记录下本人二十多年间在自家著述之外的辛勤劳作。保存这些我主编（或合作主编）的集刊发刊词或丛书总序，某种意义上是为了见证那个已经消逝了的、民间学术相对繁荣的时代。

我主编的诸多丛书中，声誉最隆、影响最大的，当推北京大学出版社刊行的"学术史丛书"及"文学史研究"丛书。至于上世纪90年代与王守常、汪晖合作主编《学人》，以及新世纪主编《现代中国》，自信将在现代中国学术史上留下印记。这也是我为这两种集刊添加附录的缘故——不管是当初的崛起，还是日后的陨落，有心人都可借此窥探时代风气的变化——所谓"一叶知秋"是也。

提及两则没能入选的短文，让我的"编辑生涯"显得更有头有尾、有声有色。一是初刊《东方文化》1999年第1期的《从〈红豆〉到"学刊"》，讲述我上世纪80年代在中山大学念本科及硕士期间，如何参与校园文学刊物《红豆》以及《中山大学研究生学刊》的编辑工作，由此奠定了我编集刊的兴趣与能力。一是《文学史》第三辑（北京大学出版社，1996年6月）的"编后记"，文中提及我们当初筹办此集刊时的"悲壮情怀"。时间是商品经济大潮刚刚涌起的1992年春夏,参与其事的学者有北京的钱理群、葛兆光、陈平原,香港的陈国球、陈清侨、王宏志,六位书生居然觉得有责任"力挽狂澜",于是决定集资办刊:"明知以今日学术市场之狭小,以及知识者的贫困,要做到这一点近乎天方夜谭,还是不愿就此罢休。几位穷书生就这么不识时务,居然想凑小钱'办大事'。"虽然是"一鼓作气,再而衰,三而竭",但毕竟我们努力过了。

至于二十多年业余办刊及主编丛书的得失成败、酸甜苦辣,留待日后专门追忆及评述,这里就不赘言了。

需要说明的是,书中有四则短文(《〈文学史〉第一辑编后记》、《"文学史研究丛书"总序》、《"尝试论丛"总序》、《"现代学者演说现场"丛书总序》)曾入我仍在流通的随笔集中,考虑到这些集刊及丛书的重要性,故破例重收。至于为别人所编书籍或丛书撰写的序言,一概割爱;若干版权页上未署名而又保留序言的,必定是当初深度介入,故一并收录。

2014 年 11 月 16 日于香港中文大学客舍

目录

小引

·

辑

一

关于《学人》

这年头，朋友们聚在一起谈学术，已经很不容易；还要标榜学术独立，追求相对高雅的学术品格，那就更难了。不过，"知不可而为之"，也算是一种境界。几年来，孜孜以求，不想惊世骇俗，但愿能"理得"而"心安"。

凭我们对中国历史和中国文化的理解，"学在民间"是政治动荡和社会转型期维持纲纪人伦和文化价值的重要支柱。与其临渊羡鱼或痛骂鱼不上钩，不如退而结网。文化决策者的价值取向是否值得欣赏是一回事，知识者自身的选择和努力又是一回事。借助于民间的力量，寻求学者经济上和思想上的独立，而不再只是抱怨政府对学术支持不力，这是近年来我们的共同思路。

这一思路之得以形成并最终落实为《学人》集刊的创办，还在于我们认定学术比政治更永久，故不计一时之得失，只求能为中国学术之繁荣以及中国文化的健康发展尽绵薄之力。学术上摆脱英雄史观以及以政治史统率一切的旧史学格局，注重社会经济和文化氛围；在实际生活中也以文化建设为主要着眼点。

有感于本世纪中国学界流行"以经术文饰其政论"，我们主张政学分途发展，反对借学术发牢骚或曲学阿世。学者的人间情怀可以体现在论题的选择和立论的根基，但不应该以政治上的好恶随意褒贬。如此沉重的学院派论述，时人或嫌其枯燥乏味，我们则以为有利于培养自己对学问的敬畏之心。

至于以学术史研究为突破口，更体现了我们对学界现状的不满以及重新选择学术传统的决心。

附记：去年春夏之交，《学人》第一辑发稿，当时随便写了这么几句话，本想作为后记；后因担心危及生存，干脆让集刊"没头没尾"问世。如今补发此短文，也算一种迟到的纪念。1992年11月于北京

（本文最初以《〈学人〉与〈文学史〉》为题，与《文学史》第一辑编后记合刊，发表在《美文》1993年第1期。另，《学人》共刊行十五辑，第一辑1991年11月出版，1996年9月重印；第十五辑2000年4月刊行）

SCHOLAR
第一辑
江苏文艺出版社

学人

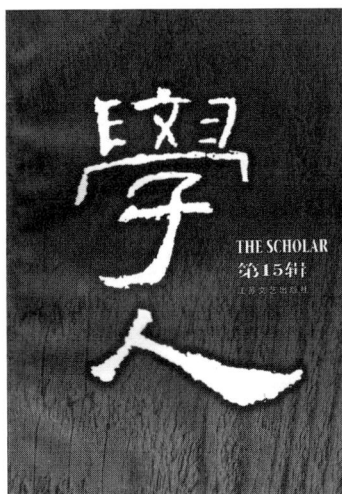

学

THE SCHOLAR
第15辑
江苏文艺出版社

人

附录一：学术史研究及其他
——答秦山问

问：民间学术刊物的涌现，是90年代中国的一大文化景观。您与
　　王守常、汪晖共同主编的《学人》，是出现较早、影响较大的
　　一种，能否谈谈当初的设想以及具体操作的经过？

答：90年代中国的学术文化格局，将与80年代有较大的差异，
　　我想，这一点很多人早就预感到了。这种学术转型，既有
　　外部环境的诱使，也是学术发展内在思路所决定的。需要
　　某种契机，或者说找到突破口，使得我们这些"文革"以
　　后培养的"年青一代"，有可能比较充分地表达自己的学
　　术见解；当然，也不无借此影响90年代中国学术走向的
　　野心。从1991年春天正式运作，到现在，《学人》总共出
　　版了七辑，每辑刊登人文研究方面的专业论文若干篇，约
　　五十万字。本来可以办得更好些，只是我们三位都有自己
　　的研究课题，编务方面不可能投入太多的精力，不如人意
　　处多多。

问：您刚才提到"专业论文"，又说起"人文研究"，在我理解，
　　这二者是颇有区别的。《学人》的这一定位，是否与其厚实、
　　持重的学术风格有关？

答："专业论文"很好解释，那是针对此前的"以经术文饰其政论"

或者"曲学阿世"而提的。强调学术独立，注重学理探求，将"论文"与"杂感"区别开来，这都是特定环境下的"话语"。后世或许需要注解，今人则大都能够意会。"人文研究"这题目很大，似乎与我们所标榜的专业化趋向背道而驰。其实，说不上自相矛盾。单单将"人文研究"解释为集刊的范围尚不够，我们正是希望借此穿越文学、史学、哲学、宗教、艺术等学科边界，从事综合研究。当然，这只是意向，"虽不能至，心向往之"。人文研究本就源远流长，不敢轻言"突破"；再加上作者大都受过严格的学院训练，为文立说相对谨慎些，这或许就是你所说的《学人》风格趋于厚实与持重的原因。

问：我注意到，贵刊第一辑上那组《学术史研究笔谈》被不少谈论 90 年代中国学术走向的文章所引证；而且，现代学术史研究似乎是你们的旗帜；每辑上都有此类文章发表。您能否谈谈，贵刊选择学术史研究作为重心，有何用意？

答：说"旗帜"言重了，说"研究重心"还可以。这是很容易引起误解的话题，三言两语说不清。学术史研究，总是有所表彰、有所批评，当事人不用说，还会有许多自愿对号入座的。于是，引发不少意气之争，比如："谁给你指手画脚的权力？"学术规则的确立与超越，是个值得认真反省的大问题。从知识增长与文化积累的角度思考，90 年代的中国学界，必须调整发展战略。有几种可供选择的途径：一是直接引进新的思想观念或研究范式；一是别无依傍，独创新说；再就是选择与先辈对话，通过学术史研究逐步确立自己的立场与方法。最后一种，其实是怀疑是否存在现成的答案，希望通过触摸传统、反省传统来思考当今的生存处境与发展策略。学术史研究不是"点金术"，也没有提供"答案"，这只是一个重新寻找立足点的"过程"。始终立场坚定、没有惶惑与不安的朋友，大概很难理解我们为什么选择学术史作为自我训练与自我反省的手段。至于批评学术史研究可能使得世人冷漠思想家，并进而导致整个民族精神的退化，这似乎有点小题大做。任何时代，学问家都不可能与思想家争风头；著述之专深，使得其只能在小范围内被接受。"道问学"与"尊德性"之争，由来久矣，有必要再"制作"一回吗？学问家与思想家一样，都有真假、大小之分；我不大相信那些"没有思想"的学问家或"没有学问"的思想家。除了"学而不思"与"思而不学"，希望还有第三种选择。这里还必须考虑到个人的志趣与能力。当然，争吵归争吵，不妨各自努力发展自己的思路，这样，方才有利于中国的学术文化建设。用章太炎的话来说，这叫"自坚门户"。只顾他人瓦上霜，不扫自家门前雪，不是明智的选择。

问：我读过您在《读书》上发表的谈论章太炎学术品格的文章，题目很有意思，是叫《自立门户与径行独往》吧？章氏希望高扬先秦诸子自立门户百家争鸣的学术精神，您以为在现代中国行得通吗？《学人》的作者队伍相对集中，是否也有"门户之见"？或者说，是在追求建立学派？不好意思，问题似乎有点唐突。

答：没事。学派云云，实在不敢奢谈。想来你也知道，20世纪中国，宗派多而学派少，因而一提"门户"，大家都噤若寒蝉。谁都希望人家说你思想开放、不拘一格、兼收并蓄，不管为人为文，还是办杂志，全都如此。章太炎认定，"中国之学，其失不在支离，而在汗漫"（《诸子学略说》），这话不无道理。我对没有"偏见"的学者不太佩服，总怀疑其缺乏"定见"。意识到自己只是"一家之言"，而且不断反省并调整自己的见解，这比标榜自己"没有偏见"可靠些。至于说到集刊，有两种办法：一是注重代表性，一是突出个性。我说过了，我们三位都不是职业编辑，不可能腾出许多时间来组稿、审稿、改稿；而且，学者办刊，本就容易体现个人风貌，好处、坏处都在这里。在某种意义上说，"避短"便是"扬长"。相对突出自家面目，在代表性方面不能不有所舍弃。如果一定要说"门户"，我想不是具体的学术观点，而是指治学的大思路。我们也在不断自我修正，包括扩大作者面与读

_10_.

者面，但"公正平允"以至"面目模糊"，绝不是我们努力的目标。

（初刊 1995 年 9 月 6 日《中华读书报》）

《文学史》第一辑编后记

以文会友,乃读书人本色。在过去几十年间,由于意识形态分歧,内地、港台和海外学者很难平心静气地会友谈天,砥砺学术。这种局面如今已经开始被打破,可真正的理解与沟通并非易事。借一块宝地,聚四方学人,就某一学术问题深入探讨,这一愿望由来已久。不争学统,也不搞竞赛,只不过希望多听到一种声音,多了解一点世界。"文学史"是我们的研究课题,可这种"学术对话"的意义当不限于此。

以文学史为研究对象,并非排斥文学理论与文学批评,而是强调将文学现象放在"史"的位置上考察。从文学史角度研究思潮流派、作家作品等,而不取个别文本的独立分析。至于文学史理论以及对以往文学史著作的反思,更是我们关注的重点。具体栏目的设计,只是因地制宜;不过希望体现一种融合中与外、古与今、文与史、论与证的学术追求。

文学史研究本身就带有学院派的色彩,再加上本书的作者——

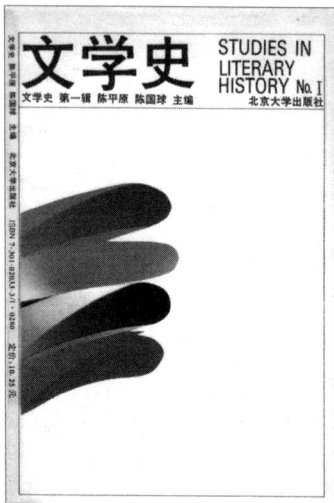

多任教于大学；即便如此，我们还是力求严肃认真地思考，追求持重厚实的学术品格。没有惊世骇俗的高论，大都是平正通达的研究，言必有据，据必可稽。强调引文注释的规范化，无非是想 ̄一种老老实实读书，认认真真作文的学术风气；但愿能免"不 之讥。

 ̄子很小，我们的胃口也不大，只不过想联络若干在 下还愿意读书做学问的同道，相濡以沫，并用适当的方式体现我们的存在。

1992 年 7 月于蔚秀园

(《文学史》第一辑,陈平原、陈国球主编,北京大学出版社,1993 年 4 月;

另,《文学史》仅刊行三辑,第三辑 1996 年 6 月出版)

《现代中国》第一辑编后

集刊出版，作为主编，总得说几句话，交代一下"缘起"之类。嫌"发刊词"太正经，弄不好拒人于千里之外，于是选择了这不衫不履的"编后记"。文章搁在前后，远不只是编排技巧，更包括文体和写作心态。既然叨陪末座，不妨拉拉杂杂，从容道来。

刊物之所以需要"穿靴戴帽"，并非只是交代编辑事务，而是让主持其事者得以阐述自家的学术宗旨。像1955年钱穆创办《新亚学报》时之大谈"考据与义理不可偏废"，1994年王元化创办《学术集林》时之提倡"有思想的学术和有学术的思想"，都是针对特定历史情境和文化传统。此类"有感而发"的议论，既"济世"，也"自律"，往往成为世人褒贬刊物的口实。可有一点，想得到的，不一定办得到——个人著述尚且如此，更何况集合众家之作而成的学术集刊。

可话说回来，有想法总比没想法好，即便有"高自标榜"的嫌疑。不是说"取法乎上，仅得其中"吗？一出场就十分低调，固然可避名不副实的讥讽，却未免有推卸责任之嫌。明白这一点，读者对于主编写在刊物前后的文字，也就不必太认真、太苛求了。这充其量不过是一厢情愿的"独白"。

十年前创办《学人》，开篇就提"学术规范"；十年后重做冯妇，我更愿意谈谈"有情怀的专业研究"。不是说时过境迁，中国学界已经走向成熟，没必要再谈属于职业道德和基本训练的"规则"问题（近年报刊不断披露"愈演愈烈"的抄袭事件，实在令人触目惊心，可见这问题远未得到解决）；而是心态变了，不再有登高一呼的愿望，更多的是自我反省——对于受过良好的学术训练且有志于学的人来说，什么样的偏见和陷阱最值得警惕。

梁启超著《清代学术概论》，称顾、黄、王等清初学者的著述虽有粗疏处，但"自有一种元气淋漓之象"；而后来的"正统派"则追求"为学问而学问"，"喜专治一家，为'窄而深'的研究"。梁本人的趣味明明近于前者，但在书中却对后者的治学路径大加赞赏。为什么？并非论者矫情，而是鱼与熊掌难以兼得。对于人文学者来说，完全忘情世事，不食人间烟火，学问难成其大；可过于牵挂时局，左顾右盼，无法一意孤行，也就谈不上探骊得珠。这里不牵涉研究工具是否发达、学术范式如何变迁，而是指曾让20世纪中国学者辗转难眠的"志"与"业"、"情"与"思"、"政"与"学"之间的矛盾与纠葛。很难说哪一种选择更值得称道，只能是移步变形、对症下药。

随着专业化思想的深入人心，治学者必须接受"系统训练"，这已经成为共识，而且正在迅速落实。我担心的是，"专业主义"一旦成为塑造我们思想行为的主要力量，会对各种可能出现的不合规矩的"奇思妙想"造成极大的压抑。越来越精细的学科分野、越来越严格的操作规则、越来越艰涩的学术语言，在推进具体的学术命题的同时，会逐渐剥离研究者与现实生活的血肉联系。对于人文学来说，这个代价并非微不足道。既投身"专业化"大潮，又对"正统派"之得失保持清醒的认识，我以为是必要的。

在《知识分子论》中，萨义德（E.W.Said）曾抱怨"今天在教育体系中爬得愈高，愈受限于相当狭隘的知识领域"；而研究文学时，"专业化意味着愈来愈多技术上的形式主义，以及愈来愈少的历史意识"。以所谓的"业余性"（amateurism）来对抗专业化大潮，在中国人看来，或许不如"博雅"的说法更精确。与此相关联，我希望以"情怀"来补充"规则"的缺失。对于训练有素的学者来说，说出来的，属于公众；压在纸背的，更具个人色彩。后者"不着一字"，可决定整篇文章的境界，故称其"尽得风流"，一点也不为过。没必要借题发挥，也不是以史为鉴，在选题立意、洞察幽微中，自然而然地调动自家的生活经验，乃至情感与想象，如此"沉潜把玩"，方有可能出"大文章"。我以为，纯粹的技术操作并非理想的学术状态。尤其是谈论 20 世纪中国的社会、生活、思想、学术、文学、教育等，今人的长处，正在于其与那段刚刚逝去的历史有着千丝万缕的联系，故容易"体贴入微"。

北京大学 20 世纪中国文化研究中心成立时，曾表白要以学术的方式，积极参与当代中国的精神及文化建设。了解北大的历史传统及其现实处境的读者，当能明白此话背后隐含的学术意识与人间情怀。《现代中国》的创办，希望能部分落实当初的宏愿。

2001 年 3 月 6 日于京北西三旗

（《现代中国》第一辑，陈平原主编，武汉：湖北教育出版社，2001 年 10 月）

附录二：关注"现代中国"
—— 答《中华读书报》记者问

问：陈教授，去年10月您主编的《现代中国》第一辑由湖北教育
　　出版社出版，第二辑据说马上也将面世。这是继《学人》、《文
　　学史》之后您参与主编的又一份学术刊物。刊物面世之后，
　　学界反响不错。请问其学术旨趣是什么？

答：《现代中国》第一辑的"编后"曾以《有情怀的专业研究》
　　为题，发在去年5月的《中华读书报》上。其中提到随着
　　专业化思想的深入人心，治学者必须接受系统训练并遵守
　　学术规则，已经成为共识，并逐渐得到落实。我担心的是，
　　"专业主义"一旦成为塑造我们思想行为的主要力量，会对
　　各种可能出现的"奇思妙想"造成极大的压抑。既投身"专
　　业化"大潮，又对所谓的"正统派"之得失保持清醒的认识，
　　我以为是必要的。具体说来，就是希望用"情怀"来补"规
　　则"的缺失。

　　　　之所以谈这些，其实是有感而发。《现代中国》是学术
　　刊物，但作者们大都有比较强烈的文化关怀。谈论"20世
　　纪中国"，既可能是一个综合性质的、跨越不同学科的课题，
　　但也可能是一种延续着传统而又关注着当下的眼光。这就
　　决定了其必然介于历史研究与当代批评之间。第一、第二

辑里的许多文章，像孙玉石借 1930 年代的"晚唐诗热"讨论新诗中"现代与传统的对话"、周小仪借 1980 年代的"美学热"分析审美如何"从救赎到物化"、王德威讨论"历史迷魅与小说记忆"、洪子诚谈论左翼文学与"现代派"、罗志田研究清季民初的"历史眼光"、罗岗分辨作为"话语实践"的"文学"等，都既是历史命题，也有明显的问题意识。可以说，这是由学科本身的特点决定的。而且，我们也希望往这方面走。这是一种有传统的"现实生活"，或者说是一个仍在不断生长的"新传统"。

今天中国人的日常生活以及文化理念，乃是晚清以降"现代化进程"的组成部分；反省这一新的"传统"（学界一般将辛亥革命以前的中国文化断为"传统"），既是历史，也是现实。面对这一正在生长并对当代中国的日常生活发挥巨大作用的"新传统"，研究者的态度与方法，既是史学，也是批评。如此立足史学而又纠缠现实，正是我们北大 20世纪中国文化研究中心的特点。感谢湖北教育出版社，他们对此表现出浓厚的兴趣，说是其出版方向与我们不谋而合，很愿意出版这一学术集刊。

问：从《学人》提倡"学术规范"，到《现代中国》讲求"有情怀的专业研究"，这里有何深意？

答：在我看来，规则是一个入门的东西，不可不谈，但也不可过分倚重。对于学者来说，除了规则，还有别的更重要的东西。比如做 20 世纪中国文化研究的人，总是在学术之外，对当下有所关心。对于他们来说，成为一个合格的"专家"，便不是最高境界。另外，我在 90 年代初曾写过一篇文章，叫《超越规则》，其中提到："建立规范是为了超越规范。'规范'在其方生未生之际最有魅力，一旦定型并建立起权威，对探索者又是一种压制。只是针对如今蔑视传统不守规则的时尚，才有必要再三强调学术的规范化。学术走上正轨，规范化局面形成，那时又得强调超越，怀念那些胆大妄为的'野狐禅'。对于具体学者来说，从守规则走向不守规则，是治学的正路。"尽管最近中国学界连续出现抄袭等不幸的事件，但我仍然坚持自己的主张：学者在遵守规则之外，还应该有更高的精神以及学术上的追求。

问：我发现《现代中国》第一、第二辑中的不少作者曾在当年的《学人》上露面。和名震一时的《学人》相比，《现代中国》主要的变化是什么？

答：《学人》第一辑上那组"学术史笔谈"影响很大，确实凸显了其注重学术史研究的特征。《现代中国》第一辑中，也有几篇属于学术史清理的。在这个意义上，二者有所联系。这回的特点，在我看来，是从学术史研究走向学科重建。讨论文学史应该怎么写，俗文学又是如何成为一时学界的中心话题，新文学史写作范式的变迁，以及当代批评与文学史之间的张力等，都是很具体的问题。同样是学术史的眼光，90年代我们关注的是学术思潮、研究方法、学术规范等，现在我们更关心具体学科如何重建。换句话说，还在讨论学人、学科史、学术范型，但侧重于建设性，把学术史的思考和文学史、社会史、思想史等的重写结合起来，并把重点放在后者。

问：跟《学人》相比，《现代中国》本身文章的取向有什么异同吗？

答：某些方面是有延续性的，比如，不规定每篇文章的字数，"行于所当行，止于所不可不止"。现在的"核心期刊"大都规定论文必须控制在一万字左右，不管是《学人》还是《现代中国》，都允许作者从容论述。还有一个共同点，那便是主张"大处着眼，小处入手"，不喜欢大而无当的空论。集刊出来后，有搞文摘的朋友告诉我，文章都挺好，可无法摘，很遗憾。我说，这可正是我们的特点——强调缜密的论证，而不仅仅是精彩的假设。玄想与宏论，不管是谈东西还是说南北，都容易摘；只有一环扣一环的完整论证，是无法摘的。而这正是我们所追求的。有感于中国学界太看重"观点"，而相对忽视"论证"，我们希望从具体题目做起，而且要求细针密缝。每一篇精彩的论文背后，很可能隐含着作者关于社会、人生、学术等的大见解，但所有这些，都不应该成为或天马行空，或借题发挥的理由。

与《学人》明显不同的，主要是《现代中国》对论述对象加以限制。我们不发外国文学的，或中国古代史方面的研究成果。《学人》停刊，除了经济方面的因素，还有一个更重要的理由，那便是：90年代中国，学术刊物少且多有禁忌，许多精彩的专业论文无法面世，那时我们做综合性的人文研究期刊很合适。现在不一样，再办一个无所不包的学刊，不是很恰当。所以，我更愿意做《现代中国》这样有明确专业分工的学术集刊。比起文学、史学、哲学等分科论述来，我们有跨学科的意味；比起综合性的人文、社会科学论述，我们又相对专业化。

问：是否可以说：它针对的是20世纪的"精神生活"或是"文化事件"？

答：没像你说的那么玄。我们的自我界定是：关注"现代中国"的人文研究集刊。如果包括社会科学的话，比如经济呀，法律呀，都弄进来，我们把握不准。谈"现代中国"，从晚清一直说到当下，大体上是这个范围。至于研究课题，虽然欣赏跨学科的论述，但不强求。只是目前的格局有缺陷，你一看就明白，中文系的力量太强了。以后会逐渐增加史学、哲学、教育、艺术等专业论文的比重。

问：《现代中国》的稿件来源是怎样的呢？看第一、第二辑，似乎是以北大为主。

答：原先编辑部拟了个征稿启事，被我否决了。原因是我们的人力及篇幅有限，没能及时处理来稿，那样很对不起信任我们的作者。另外，这背后还有我的意图：办一个性格鲜明的学术集刊，而不只是提供发表文章的园地。每辑都会约请校外志趣相近的朋友赐稿，也酌收个别自然来稿，但主打部分，依靠的是北大的同行。我相信北大有这样的学术实力。就像当年的《新青年》一样，不拒绝外稿，但希望保持明显的自家风貌。

问：《现代中国》上的书评和"博士论文提要"都颇受赞扬，我记得《学人》是没有书评的。添设这两个栏目的意图是什么？

答：《学人》不发书评，考虑的是出版周期，单就迅速推荐好书这一功能而言，半年刊无法与周刊或月刊竞争。《现代中国》之所以强调书评，每期评价近两年出版的十几本专业著述，带有推介性质，因而不管人家评过没评过。同时，我们想借此呈现自己的学术标准——从我们的角度出发，哪些书值得认真推荐。现在做得还很不理想，原因是好多专业人士不屑于或不擅长撰写学术性的书评。总的来说，这一栏还会加强。

问：《现代中国》的"博士论文提要"，是否只放北大的？有人建议说也可以放一些其他大学的。

答：目前的想法是只放北大一家。这个"提要"影响很大，好多
　　国内外的学者都找来看，目的是借此了解北大学生的思路。
　　最初的想法也是如此，不求别的，只希望展现这些论文的
　　基本思路。开始也想弄其他大学的，但一着手就发现很麻烦，
　　因国内各大学以"现代中国"为研究对象的博士论文数量
　　很多，无论如何取舍，都是顾此失彼。而且，按目前的篇幅，
　　一年两辑，放北大的也就差不多了。这本来就带有史料性质，
　　不是评比，更不是提供榜样，一旦选用别的大学，就有"话
　　语霸权"的嫌疑。

问：《现代中国》会采用时下学术期刊流行的匿名评审制吗？

答：不会，也不敢。现在中国的学术杂志都标榜"匿名评审"，
　　我们不搞。一是没那个人力与物力，不好意思追随潮流。另
　　外，办报办刊有两种截然不同的思路，一是争取第一，即
　　办成某领域内说一不二的"权威刊物"；一是特立独行，要
　　求性格鲜明，且有明显的文化关怀——此乃《新青年》以
　　降新文化人的思路。前者以学术水平为唯一标准，需要众
　　多专家的公平鉴定，"匿名评审"可以杜绝滥竽充数者。后
　　者的选稿标准，并不以学术水平为唯一指标——很可能采
　　用虽不成熟，但很有冲击力的论文，而排斥学术水平很高，
　　但志趣完全相反者。参与匿名评审的专家能保证稿件基本
　　达标，但不会考虑集刊的整体风格是否明晰，有无自家面貌。

我希望《现代中国》不仅仅是发表论文的园地，还能体现北大诸君的学术理想及文化追求，这样一来，我们不敢标榜"公正"。如此手工作坊式的操作，属于有泥土芳香且不太规则的"农业"，而不是标准明确且规模化生产的"工业"。

问：您希望这个刊物面对什么样的阅读群体？发不发表当代作家作品的研究？

答：集刊的拟想读者当然是专业研究者。只是由于这个学科本身的特点，也可能会有不少专业以外的人士感兴趣。至于发不发表当代中国作家的论述，取决于是否将其纳入大的历史视野中来考察。若是纳入，我们很欢迎。比如第三辑上就会发表戴锦华、张颐武、韩毓海、贺桂梅等关于当代传媒和社会文化的一组专论。

问：《现代中国》是由"北京大学20世纪中国文化研究中心"主持的，中心的其他项目也与这份期刊有关吗？

答：这个学术集刊和"北京大学20世纪中国文化研究中心"的其他项目，比如"20世纪中国人的精神生活"、"20世纪中国学术文存"等丛书，有一定的关联，起码是互相促进。

（初刊 2002 年 3 月 20 日《中华读书报》）

《现代中国》第二辑编后

八十年前，当时年仅三十、已在中国学界迅速走红的北大教授胡适，在其《〈水浒传〉后考》中，留下这么一句备受争议的名言：

> 学问是平等的。发明一个字的古义，与发现一颗恒星，都是一大功绩。

强调"研究态度"，而相对忽视"社会效果"，这显然是针对中国学者根深蒂固的"经世致用"情结有感而发的。所谓做学问"当存一个'为真理而真理'的态度"，不要左顾右盼，也不必太在意所学有用还是无用。此前，王国维在畅论"吾所谓学无新旧、无中西、无有用无用之说"时，也有类似的说法：

> 事物无大小，无远近，苟思之得其真，纪之得其实，极其会归，皆有裨于人类之生存福祉。(《国学丛刊序》)

假如承认"学问是平等的"，那么接下来的问题是，大学者在选择具体的研究课题时，有无价值判断，还是像胡适所说的，只是取

"性之所近"？

引入一段小小的回忆，或许有助于我们厘清思路。姚名达在《哀余断忆》中，提及其在清华国学研究院就读时，曾以《孔子适周究在何年》一文求教于导师王国维。王先生如何作答？以下数语，很值得玩味：

先生阅毕，寻思有顷，曰："考据颇确，特事小耳。"

学生的追忆文字，即使口吻逼真，也不能完全等同于本人深思熟虑的专业著述；但对这段话的真实性，我深信不疑。由哲学而文学、由文学而史学的王国维，独特的治学经历，决定了其不可能满足于纯粹的考据。之所以"寻思有顷"，正显示为人师者的认真与谨慎。单就学术训练而言，只要干脆利落地解决某一课题，便该得满分；可治学毕竟不同于做习题，应该还有更高一层的追求。这个时候，所谓的"事大"、"事小"，便可能影响价值评判。当然，这里所说的大与小，并非指事物本身的体积，而在于其能否牵一发而动全身，有无深入发掘与阐释的可能，以及是否切合自家心境与文化理想。

古往今来，关于读书做学问的口号与秘诀数不胜数，可绝难找到既对症下药，而又没有任何副作用的。关键在于理解当事人立说时的心境与旨向。常识告诉我们，同是兢兢业业的学者，其对于人类文化进步的贡献，确实有大小之分；而常识同样告诉我们，对于学者来说，求大者未必大，安于小者不一定就小。作为工作伦理，我欣赏胡适的说法，"当存一个'为真理而真理'的态度"。有了这个基点，学问的独立性方才可能得以确立。但单是强调特立独行，不求一时一地之闻达，也不为潮流与时尚所动，如此偏于防守，还是略嫌消极。看看王、胡二君的学术经历，在赞叹其"绣花针功夫"（胡适语）的同时，更激赏其超越专业视野的人生境界与生命情怀。

倘若谈论学问与情怀、社会与人生的互相激荡，王国维、胡适外，最好添上思想家、文学家、学问家三位一体的鲁迅。本刊封面上"现代中国"四字，用的便是鲁迅的手迹，辑自先生去世前一年撰写的《在现代中国的孔夫子》。此文手稿收在1973年文物出版社版《鲁迅手稿选集三编》，书法不用说，即便文章，也很值得好好品味。而这一"古今对话"中夹杂着的"东西碰撞"，正预示着本刊所追求的眼光和襟怀。

今年是鲁迅先生诞辰一百二十周年，在众多纪念集会与鸿篇巨著旁边，冒出一册借用先生手迹的学术集刊，自是毫不起眼。可在当事人，却希望借此表示敬意，同时也约略显示集刊的学术旨趣。

2001年10月2日于京北西三旗

（《现代中国》第二辑，陈平原主编，武汉：湖北教育出版社，2002年3月）

《现代中国》第三辑编后

学历史的人，很容易养成寻找历史坐标并迅速自我定位的思维习惯——高明者标榜史无前例，沉潜者追求继往开来，至于平实的，则大都喜欢追摹先贤。这三者，都是在钩稽、辨认乃至比附先贤思想轨迹的同时，不断修正自家努力的方向，并在一种潜在的古今对话中获取前进的动力。举个例子，研究现代中国文化史或文学史的人，大都深切感觉到报章对于思想启蒙、文化运动、文学潮流的关键作用，甚至颇有将其作为区别"古典写作"与"现代写作"的重要指标。也正因为如此，研究者中，不无跃跃欲试，希望步武前辈，继续《新青年》事业者。

斗换星移，物是人非，《新青年》的辉煌其实无法复制。即便如此，长期从事现代中国文化研究者，受研究对象的影响，还是很难拒绝独立或合作办刊的诱惑。当然，这并非今天才有的"职业病"，当初新文化运动如火如荼，就有人人争办报刊的趋势，以致陈独秀担心好事可能变成坏事：

> 凡是一种杂志，必须是一个人一团体有一种主张不得不发表，才有发行底必要。若是没有一定的个人或团体负责任，东拉人做文章，西请人投稿，像这"百衲"杂志，

实在是没有办的必要，不如拿这人力财力办别的急于要办的事。

这则 1920 年 1 月 1 日刊于《新青年》7 卷 2 号上的《新出版物》，乃经验之谈。《新青年》之所以引领风骚，成为现代史上不可或缺的"风景"，就因其"有一定的个人或团体负责任"，而且"有一种主张不得不发表"。

学术集刊不同于思想文化评论，不以发表"主张"为目的，但同样必须有自家面目在。就像明人袁宏道《叙小修诗》中说的："其间有佳处，亦有疵处，佳处自不必言，即疵处亦多本色独造语。"这种对于"自家面目"的追求，虽不若"一流"、"核心"有魅力，但也自有不少人缘。我辈选择与之对话的"旧刊"（前三辑分别为《教育世界》、《国粹学报》和《科学》），正是从这一视角出发。

今年春天答记者问，解释为何《现代中国》集刊不"与国际接轨"，采用"匿名评审"。检讨过人力、物力、地位、视野的限制，关键处，我露了这么几句：

　　办报办刊有两种截然不同的思路，一是争取第一，即办成某领域内说一不二的"权威刊物"；一是特立独行，要求性格鲜明，且有明显的文化关怀——此乃《新青年》以降新文化人的思路。前者以学术水平为唯一标准，需要众多专家的公平鉴定，"匿名评审"可以杜绝滥竽充数者。后者的选稿标准，并不以学术水平为唯一指标——很可能采用虽不成熟，但很有冲击力的论文，而排斥学术水平很高，但志趣完全相反者。参与匿名评审的专家能保证稿件基本达标，但不会考虑集刊的整体风格是否明晰，有无自家面貌。我希望《现代中国》不仅仅是发表论文的园地，还能体现北大诸君的学术理想及文化追求。这样一来，我们不敢标榜"公正"。如此手工作坊式的操作，属于有泥土芳香且不太规则的"农业"，而不是标准明确且规模化生产的"工业"。

这篇题为《关注"现代中国"》的答问，刊于2002年3月20日的《中华读书报》，被熟悉的朋友断为表面"低调"，实则"高调"。因为，将这段话与上述陈独秀的高论相对照，当能明白《现代中国》的追求，其实不太容易实现。

对于成熟的学者来说，思路、立意、概念乃至表述方式，都有自己的特殊习惯；常人看不惯的，不见得就非改不可，有时恰恰是作者的刻意追求。集刊之不同于个人著述，就在于其"众声喧哗"；保护学者表述的完整与自由，与追求集刊的自家面目，二者相辅相成。所谓的"学术个性"，既体现在"说什么"，也落实为"怎么说"——以讲演为例，谈论的内容固然重要，可语气、表情、姿态等身体语言同样不容忽视。因此，我对以编辑或专家的眼光，强令作者做某些无关大局的修订，不太以为然。古语说：疑人不用，用人不疑。对于文章，我也倾向于此。一旦决定采用，就应该尊重作者的意见。批评者往往"攻其一点，不及其余"；即便"补天派"，也很少考虑文章的整体风格是否受到损害。假如堵塞漏洞注定必须以抹平棱角为代价，那么，我怀疑这种修改是否值得。

随着专业化思想的日渐深入人心，论文写作必须严谨，已经成为毋庸置疑的常识；可这么一来，某些不乏真知灼见但又尚未真正成型的"思想火花"，面临着被遗弃的命运，实在有些可惜。从第三辑起，《现代中国》开设评论专栏，目的是容纳这些"不太学术"的文章。与此相映成趣的，还有增加"佚文钩沉"，不定期刊发若干近现代学者的文稿或书札。这期发表的梁启超先生文稿，配有文物鉴定专家史树青先生的跋；至于文稿的学术内涵及写作时间的考订，请参阅我的《学术讲演与白话文学》第四、第五节。

最后，有一点必须说明，本辑由于"超编"，只好暂时停发博士论文提要。

2002 年 7 月 8 日于京北西三旗

（《现代中国》第三辑，陈平原主编，武汉：湖北教育出版社，2003 年 5 月）

《现代中国》第四辑编后

清代大学者王鸣盛有一天对戴震说，我以前很怕姚鼐，现在终于不怕了。戴震问：为什么？ 王的回答非常精彩：

> 彼好多能，见人一长，辄思并之。夫专力则精，杂学则粗，故不足畏也。

听完戴震的转述，姚鼐大为惊悚，当即决定舍弃词学，专攻文章，后果然以建立桐城文派而留名千古。这段逸事，是姚鼐自己说出来的，见于其《〈惜抱轩词〉跋》。

在一般人心目中，"博采众长"是好事，值得大力表彰，为何王鸣盛等不以为然？这段话可以有三种读法：学贵专精，此乃正解；别人的肉长不到自己身上，那是歪批；承认差异，方才可能掉臂前行，只能说是转注。

在乾嘉学术鼎盛时期，大多数学者向往的，确实是戴震的路子："学贵精不贵博，吾之学不务博也。"（参见段玉裁《戴东原先生年谱》）进入现代社会，知识日新月异，世人更是推崇专精之学；"博士"云云，恰好以舍弃"博雅"而选择"专精"为其基本特征。

随着专业分工的日渐明细，"一物不知，儒者之耻"云云，如今成了笑话，没人再敢提起。即便在某一狭小的学术领域，也都讲求分工合作；"术业有专攻"的学者们，于是不得不舍弃某些个人兴趣。否则，老是"汗漫无所归依"，是要挨骂的。这点道理，读书人大都懂得。我想说的是，这一选择，并非只是基于"生有涯而学无涯"之类的算计，更因"学问"内在于学者个人的趣味、才情以及生命体验。

"只要功夫深，铁杵磨成针"之类劝学格言，过分夸大了个人的主观能动性，有时很误事。不必饱经沧桑，你我也都晓得：想得到的，不见得就一定能够做得到，即便十分努力。对于志向远大的读书人来说，承认这一点，是很痛苦的。在这个意义上，蹒跚于布满荆棘的"求学"之路，除了接受必要的专业训练，更重要的是，找到一个跟自家"趣味相投"的领域、课题与方法。如此说来，"正解"与"歪批"，其实不无相通处。

对于学者来说，最痛苦的，莫过于治学时既不"应手"，也不"得心"。前者可能是天资所限，后者则缘于外在环境的挤压。别人认为理所当然的，你却觉得挺受委屈；你感兴趣的，人家又告诉你毫无意义。这个时候，好心人会提醒你，如何努力顺应"表演的舞台"。可有没有另一种可能性：不要太委屈自己，在大致遵守学术传统与学界共识的前提下，保存差异、个性与锋芒？记得章太炎自诩"一字千金"的《齐物论释》里，有这么一句：

齐其不齐，下士之鄙执；不齐而齐，上哲之玄谈。

承认不平等乃自然现象，不强求一律，这就是"齐"，也就是平等了。如此强调"世情不齐，文野尚异"，当初章太炎确实是出于对"志存兼并"者的愤怒。时过境迁，所谓"帝国主义侵略"云云，早被世人所不屑道；可"多元文化"的诉求，声犹在耳，且十分急迫。

最近十几年，中国学界力求"与国际接轨"，强调学术规范，这是大好事。可就像倒脏水时，切忌把洗澡的婴儿一并泼掉，对于传统中国之注重感受与体悟，以及某些个性化的思考与表述，不该轻易抹杀。在我看来，所谓的"学术表达"，牵连着文化立场、研究方法、思维方式等，不只是个文从字顺的问题。因此，尊重作者的思考及表述习惯——只要言之成理，不必过分苛求——乃"不拘一格降人才"的关键。

当然，如果你是"国家级"的"核心刊物"，肩负"制订标准"与"引导潮流"的重大责任，那么，就像养在玻璃缸里的金鱼，随时被人指指点点，必须谨言慎行。而像《现代中国》这样的民间集刊，就没有这个问题——自居边缘，不妨讲求点"个性"与"趣味"。

如此卑微的想法，竟堂而皇之地写在纸上，公之于众，乃是有感于中国教育及学术的评价尺度日趋单一，导致原本各具特色的文章、学者、科系、大学等，极度"趋同"。按照这个趋势，全都"见人一长，辄思并之"，其结果必然是：再也没有桀骜不驯的学者，没有特立独行的刊物，也没有中流砥柱的大学了。

2003 年 7 月 28 日于京北西三旗

（《现代中国》第四辑，陈平原主编，武汉：湖北教育出版社，2003 年 12 月）

《现代中国》第五辑编后

对于学术集刊来说，理想的状态是，既众声喧哗，又焦点集中。各文之间互相呼应、互相指涉，隐含着对话与交锋，这样充满张力、随时可能爆发激烈冲突的"舞台"，可遇而不可求。一般情况是，学者们各自发挥，论文可以写得深入些；非要集中到某一话题，很容易出现"拉郎配"的尴尬局面。值得庆幸的是，这一回的"都市研究"专辑，基本上是水到渠成，没有"强扭的瓜"。

之所以能邀请到这么多学者，集中讨论都市问题，得益于一次国际会议，以及我在北大开设的一门专题课。

去年 10 月，我和美国哥伦比亚大学王德威教授合作，在北京大学勺园召开了题为"北京：都市想象与文化记忆"的国际学术研讨会。会议通知上，建议与会者考虑以下问题：明清以降北京的社会生活、民俗风情、建筑风格、语言变迁；明清以降北京的文化生产，如教育、出版、文学、艺术等；明清以降不同时代、不同媒介、不同文类所呈现的"北京"；明清以降作家们的帝都（首都）体验与文学表现之关系；作为思想主体与作为表现对象的"北京人"；从知识考掘的角度反省"北京史"的建构。这与其说是"要求"，不如说是对这个课题日后发展方向的"预测"。会议开得很成功，除了现场听众的热烈反应、互联网上的积极评说，《北京晨报》、《北京日报》、《中国青年报》、《21世纪经济报道》、香港《文汇报》、《人民日报》、《瞭望东方周刊》，以及《书城》、《北京观察》、《读书》等报刊，还先后对此次会议的宗旨及面貌，做了正面报道，或选载若干论文。只能说是"近水楼台先得月"，会议还在进行中，我们已为这一辑《现代中国》物色好对象。故，这里刊出的，绝对是这次会议的"精华"。当然，也有文章本身很好，但与本刊宗旨相异，或作者另有安排，只好割爱的。

上学期，我在北大开设了"都市与文学"专题课，带着研究生阅读并讨论了以下九本书：Richard Lehan 的《文学中的城市：思想史与文化史》、李欧梵的《上海摩登》、赵园的《北京：城与人》、谢和耐的《蒙元入侵前夜的中国日常生活》、陈学霖的《刘伯温与哪吒城——北京建城的传说》、施坚雅的《中华帝国晚期的城市》、Carl E. Schorske 的《世纪末的维也纳》、本雅明的《发达资本主义时代的抒情诗人》，以及石田干之助的《长安之春》。选书的标准，除了学术质量，还希望兼及思路与方法、文学与历史、中国与外国、古代与现代等。学生们很投入，每回的讨论，都有让人眼睛一亮的地方。于是，邀请其中的十几位同学，将发言提纲改写成书评。

在这门课的"开场白"中，我谈到阅读城市，不应仅限于现代文学史上的"京海之争"，单就近代中国而言，天津、南京、广州、香港、武汉、成都等，作为学术对象，都值得认真经营；也谈到研究城市，应走出单纯的风物记载与掌故之学，对城市形态、历史、精神的把握，需要跨学科的视野以及坚实的学术训练；还谈到具体研究中，希望综合学者的严谨、文人的温情以及旅行者好奇的目光，像本雅明那样，关注、体贴、描述、发掘自己感兴趣的"这一个"城市。

最后，我谈及"文学想象"对于城市记忆的重要性：借用了 Richard Lehan 的话："城市的历史和文学文本的历史不可分割，而阅读城市又是另一种文本阅读——这种阅读还关系到一部文化史：它既丰富了城市本身，也丰富了城市被文学想象所描述的方式（参见《文学中的城市：思想史与文化史》一书的"结语"）。不用说，这既是一种学术判断，也是一种工作策略。"文学专业"的背景，使得我们擅长文本分析，有所发现，也有所遮蔽。意识到自家的这一特色，剩下来的，就是如何回避陷阱、发挥专长了。

当然，完全可以有另外的——比如偏重思想、文化、经济、地理、建筑、艺术等——工作策略，而那，正是我们所翘首以待的。

2004 年 2 月 29 日于巴黎国际大学城

（《现代中国》第五辑，陈平原主编，武汉：湖北教育出版社，2004 年 12 月）

《现代中国》第六辑编后

　　既希望编成专业性很强的学术刊物，又不想放弃强烈的现实及文化关怀，如此办刊，谈何容易。好在谈论"20 世纪中国"，本身便是一种延续着传统而又关注着当下的目光。而这一情怀，在专辑里比较容易得到体现。

　　第五辑之将论述焦点对准"都市想象"，得益于一次国际会议，以及我在北大开设的一门专题课；第六辑之集中关注 1940—1950 年代中国文学的转型，则有赖于洪子诚先生的鼎力支持。"集刊"而能成"专辑"，阅读效果好，但可遇而不可求。日后还会加倍努力，但不敢保证都有如此表现。

　　在正襟危坐的论文之外，建立"对话"栏目，容纳若干很有见地，但未必符合学院派脾性的"言谈"，也算是有张有弛，相得益彰。作为文体的答问、对话、座谈、演讲等，不可能像专业论

文那样精雕细刻，但其"逸笔草草"，也自有其特殊魅力。就像这一辑所收王瑶先生 1986 年在香港答问的录音整理稿，便值得郑重推荐。

第一、二、三辑的《现代中国》上，曾连载"北大博士论文提要"，反映很不错。之所以停下来，是因为此类工作，现已有专门机构及学者在从事，没必要重复生产。也就是说，本刊设置的栏目，除"论文"外，仅保留"书评"、"评论"、"对话"等。

自本辑起，《现代中国》改由北京大学出版社刊行。这里附录一至五辑主要论文目录，除便于读者查阅，更希望借此向刊行前五辑的湖北教育出版社表达敬意与谢意。

2005 年 10 月 22 日午后于哈佛客舍

（《现代中国》第六辑，陈平原主编，北京大学出版社，2005 年 12 月）

《现代中国》第七辑编后

在正襟危坐的论文之外，建立"对话"栏目，容纳若干不太学院派的"言谈"，这点，上辑就做了。如此抉择，基于这么一种信念："作为文体的答问、对话、座谈、演讲等，不可能像专业论文那样精雕细刻，但其'逸笔草草'，也自有其特殊魅力。"现实中的"对话"如此，历史上的呢？这回勒马回车，讨论起晚清以降诸多学者的"演说"来。

最近几年，论及现代中国的思想、文化、文学时，我总是自觉不自觉地牵涉晚清迅速崛起的"演说"。在《流动的风景与凝视的历史——晚清北京画报中的女学》（《中华文史论丛》2006 年第 1 期）中，我引述了 1907 年《益森画报》上的一则《厮役演说》，说的是毛家湾某女学堂门口，一女生的仆人，竟对各家父兄及仆人演说"阅报之益"，且津津有味，颇能动听。就像作者说的，"演说不奇，出自厮役则奇"。更何况，"读报"与"演说"，同为新学的象征；将其置于"女学堂"前，梁启超所设想的"传播文明三利器"（参见《自由书·传播文明三利器》），可就完满无缺了。

同属"演说"，因使用者志趣不同，完全可以发展出不同路径。可以是政治宣传，也可以是社会动员，还可以是思想启蒙或学术普及——表面上只是演说内容的差异，实际上牵涉演讲的立意、文体、姿态、身段、听众反应以及传播效果等。我因为关注现代中国学术之建立，白话文运动的成功，还有现代中国述学文体的形成等，自然对"学术普及"型的演说格外更感兴趣。

介于专业著述与日常谈话之间的"演说"，成了我们了解那个时代学人的社会生活以及学问人生的最佳途径。于是，我们选择了章太炎、梁启超、蔡元培、胡适等十几位著名学者作为研究对象，探讨"演说"是如何影响其思维、行动与表达的。具体说来，便是通过资料考辨，部分复原"演说现场"，让那些早已消失在历史深处的"声音"，重新焕发生机，甚至介入当代人的精神生活。

这里选录的六则"导言"，约略可见我们的学术趣味与工作策略。

2006 年 4 月 20 日于京西圆明园花园

（《现代中国》第七辑，陈平原主编，北京大学出版社，2006 年 6 月）

《现代中国》第八辑编后

上完这学期的最后一课，长舒了一口气。讲章太炎的学问与思想，实在不容易。前天的话题，是从章之三写《儒侠》谈起——无论最初的写作，还是日后的修订，都是有现实刺激，但又不同于康有为的"以经术文饰其政论"（梁启超《清代学术概论》）。有深情，不应景，独具面目，这样的学问姿态，很是让人羡慕。

史传擅长叙事，诗词主攻抒情，至于文章，立论是关键。你当然可以散文笔调讲故事、发感慨，但"立说"之优劣，端看"持论"是否坚实。按照章太炎的思路，"出入风议，臧否人群，文士所优为也；持理议礼，非擅其学莫能至"；历朝文章，各有偏至，惟有魏晋文"守己有度，伐人有序，和理在中，孚尹旁达"，可为"百世师"（《国故论衡·论式》）。十年前曾撰文，阐释章太炎之"发现魏晋"与"重读六朝"，强调其在中国思想史以及文学史上的意义（《现代中国的"魏晋风度"与"六朝散文"》），大致的思路，今天看来仍然有效。只是对其"立论欲其本名家，不欲其本纵横"（《国故论衡·论式》），似乎还有进一步辨析的必要。

就其反对区别"文集"与"史书"，强调"文"中必须有"学"而言，章太炎的这一思路有其合理性。可是，名家之精微简练深达理要，固然值得表彰；纵横家之洋洋洒洒气势磅礴，也自有可观处。

关键在于，论政之文本就与论学之文异，不能太书生气。若《驳康有为论革命书》、《东京留学生欢迎会演说辞》、《箴新党论》等，都是思想史上关系重大、酣畅淋漓的大文章。称这些文章没有"意气用事"、或者不带纵横家印记，那是说不过去的。章氏本人或许真的轻视这些"论事之文"，认定"斯皆浅露，其辞取足便俗，无当于文苑"（《与邓实书》）；可当时的读者以及日后的史家，并不这么看。不辨学问、政治孰高孰低，单就文章气势而言，借用鲁迅的说法，上述诸文，"皆我所百读不厌者"（《纪念先师章太炎先生》）。

或者应该这么说，"论学之文"，最好本诸名家；至于"论事之文"，则纵横家之修辞技巧，值得很好借鉴。既读《訄书》、《国故论衡》，也读《太炎文录》以及诸多当初发表在《民报》、日后编定《章氏丛书》时刊落的驳难攻讦之文，方能真正领略太炎先生的风采。这里说的，不是政治，也不是学问，而是文章。两类文章都可观，都值得认真把玩；更重要的是，二者并行不悖，完美地统一在一个人身上。有学养而不流于匠气，有性情而不陷入卖弄，如此兼及学问与文采，这样的人生、这样的文章，才当得起"精彩"二字。

编辑杂志，忽忆及八九十年代中国的学问、思想、文章，故有此小言。

2007 年元旦于京西圆明园花园

（《现代中国》第八辑，陈平原主编，北京大学出版社，2007 年 1 月）

《现代中国》第九辑编后

作为研究集刊,《现代中国》一直标榜民间性及学术性；因此,刊发高水平的专业论文,是其主要职责。但这回有点特殊,我更想推荐给读者的,是一场学术对话。那就是本辑殿后的《海外中国学的视野》——几位主讲人的意见固然值得参考,更重要的是同学们的提问,因其蕴含着年青一代学人的困惑与求索。

如何看待在当今中国几乎已成显学的"海外中国学",并与其展开卓有成效的对话,是个迫在眉睫的问题。为参加中国人民大学主办的《世界汉学大会2007：文明对话与和谐世界》(2007年3月26—28日),我撰写了《视野·心态·精神——如何与汉学家对话》(刊2007年4月5日《南方周末》,有删节),其中两句话,值得在这里复述："如何做到以平常心看待不同的汉学家,平等相处,既不是'大人',也不是'鬼子',值得我们警惕。""只说'和谐'还不够,还需要'同情之了解',以及'不卑不亢'的辩难。所谓的'对话',并非走向'世界大同'或'舆论一律',而是尽可能地完善自家立场。"这篇文章以及相关发言(批评德国汉学家顾彬),曾引起很大争议,但我始终保持沉默。原因是,我认定,"如何与汉学家对话",这是个实践问题,光喊口号不顶用；还有就是,不想成为新闻炒作的对象。

我相信，时至今日，还认定只有中国人才能理解中国、阐释中国的，已经很少了。既要尊重送经上门的外来和尚，又要防止外来和尚利用国人之崇洋心理，乱念经，念歪经。海外中国学家，有"洞见"，也有"不见"；有优势，也有劣势。正因为这样，才有必要展开深入的对话。实际上，最近二十年，在各种国际会议上，中外学者都是凭自家本事发言，没人会因为你所持护照而"格外开恩"。在我看来，如此平等对话是常态；反倒是刻意强调发言者／演说者的背景，有过分看重"象征资本"的嫌疑。

这一辑的《现代中国》，有六篇文章（王德威、陈建华、陈晓明、李杨、吴晓东、樊善标）选自香港中文大学主办的"历史与记忆：中国现代文学国际研讨会"（2007年1月4—6日）的主旨演说或专题论文。承会议主办单位的雅意，允许我们选刊这些精彩的文章，特此致谢。那次会议上，我也做了主旨演说，题目是《城阙、街景与风情——晚清画报中的帝京想象》，可惜文章已刊《北京社会科学》（2007年第2期），不好意思转录。

2007年6月6日于京西圆明园花园

（《现代中国》第九辑，陈平原主编，北京大学出版社，2007年7月）

《现代中国》第十辑编后

做学问的人，大概都有这样的体会，除了训练有素、勤奋好学、厚积薄发等，好论文的出现，往往还得有机缘凑合。之所以选择这个题目、往这个方向发展、得出这样的结论，很多时候，是跟你所获得的资料密切相关的。在这个意义上，傅斯年所提倡的"上穷碧落下黄泉，动手动脚找东西"并没错，不该简单地以"实证"相讥或赞誉。将"资料考释"与"理论思辨"截然对立，或完全割裂开来，我以为不是好想法。对于有心人来说，任何新资料的出现，都可能对已有的"阐释"造成巨大的挑战。夏晓虹对一批新发现的林纾训子书的钩稽与论述，十分精彩，起码给我们呈现了另一个——与我们平常所熟悉的不太一样的——林纾。

在第九辑《现代中国》所刊"学术对话"中，我曾提及，为纪念普实克先生诞辰一百周年，2006年，国内外曾举行过三次纪念活动。第一次，9月，为《中国，我的姐妹》中译本出版，在清华大学召开了一个小型的座谈会；第二次，10月，在布拉格查理大学，举行了题为"通往现代之途：纪念普实克"的国际会议；第三次，也是10月，在北京外国语大学，中外学者济济一堂，追念普实克的学术贡献以及与中国人民的深厚情谊。记得在场的捷克大使很感动，说他绝对没想到，事隔多年，中国人还这么怀想一位外国学者（参见《海外中国学的视野》）。在某种意义上，对于普实克的追怀，中国人的热情远在捷克学界之上。除了"念旧"、"感恩"（即所谓"滴水之恩，当涌泉相报"），还有就是学术史方面的考量。将普实克放在20世纪中国学术史中，你会发现，他的存在绝非"水过无痕"。陈国球的《"抒情精神"与中国文学传统——普实克论中国文学》，正是在那次布拉格会议上宣读的。作者希望先在中文学刊上发表，也可见其"拟想读者"。

北京大学近年财政略有改善，中文系于是得以专门邀请国外或台港澳学者前来做"系列演讲"。比起以往的"顺道访问"、"零敲碎打"，此类颇成规模的"友情出演"，显得更有学术分量。单以我经手的为例：2006年10—11月，邀请哈佛大学东亚系讲座教授王德威做系列演讲《抒情传统与中国现代性》；2007年5—6月，邀请香港浸会大学中文系教授黄子平做系列演讲《文化研究：鲁迅作为方法》；2007年12月—2008年1月，与比较文学与比较文化研究所合作，邀请法国东方语言文化学院中文系主任何碧玉（Isabelle Rabut）教授做《城市文学与异国想象——比较文学视野里的汉学研究》系列演讲。以上三位，都是连讲八次，让学生们大开眼界。至于去年9月前来讲学的日本京都大学平田昌司教授，因故无法长久逗留，只讲了两个专题，有点可惜。

公开演讲不同于私人著述，另有一番风味。平田先生的演讲，日后发展成为专业论文；而子平兄则欣然同意"素面朝天"，以记录整理稿的形式与读者见面。借用牟宗三为其演说集《中国哲学的特质》所撰"小序"中的说法："紧严有紧严的好处，疏朗也有疏朗的好处。是在读者借此深造而自得之。"

2008 年 1 月 13 日于香港客舍

（《现代中国》第十辑，陈平原主编，北京大学出版社，2008 年 1 月）

《现代中国》第十一辑编后

本辑收录的文章，除了赵园、夏晓虹、梅家玲、沈国威等大作值得期待外，主体部分是香港中文大学召开的"文学史视野中的'大众传媒'"学术研讨会（2008 年 6 月 13 日）的专题论文或发言整理稿。

在此次会议的开幕式上，我做了简短发言，大意是说：四川大地震已经过去一个月了，人们在哀悼遇难民众、表彰救灾英雄、叩问社会良知、反省建筑质量、赞叹中国传媒这次表现不错的同时，蓦然发现，我们对这个世界的了解，对突发事件的关注乃至对自我的深刻认识，很大程度是受大众传媒的影响。假如没有报刊、电视、网络铺天盖地的追踪报道，我们对地震灾难也许不会如此日夜牵挂，如此感同身受。想想 1976 年的唐山大地震，想想 1933 年的黄河大洪水，想想 1920 年的华北大饥荒，那时的"我们"，到底知道多少真情实况？说起来，这世界实在变化快。变化来自政治体制，来自经济实力，来自民众的自觉与自信，也来自大众传媒日新月异的发展。记得 1905 年的《东方杂志》上，曾先后转载《新闻报》和《顺天时报》的说法，称"二十世纪以前，枪炮之世界也；二十世纪以后，报馆之世界也"；"二十世纪以后，报章政治之世界"。这种晚清启蒙者喜欢使用的"大字眼"，有些煽情，也有些自恋，但并非毫无道理。理解晚清以降的百年中国，无论政治、经济、社会、文化乃至文学艺术，大众传媒都是极为重要的切入口。为此，香港中文大学组织专门的学术研讨会，邀得众多旧雨新知前来共襄盛举，作为会议主席，我深感荣幸……

除了收录在此的十三则长短文章外，参与讨论或提交论文的，还有卢玮銮、张洪年、张隆溪、陈建华、黄子平、陈雄根、夏晓虹、华玮、沈双、陈蕙英、黄念欣、李海燕、陈智德、谢晓虹等。至于涉及的话题，集中在大众传媒对于文学生产的"赞助"与"限制"，尤其是其间所呈现的政治权力、文化资本、编辑策略、审美意识、文人集团、读者趣味之间错综复杂的关系，以及左翼/右翼、京派/海派、学界/文坛、作家/书局等让人眼花缭乱的纠葛，还有城市与乡村、经典与大众、主流与边缘、记忆与遗忘等之此消彼长；在我看来，所有这些，都值得学界认真辨析。只是限于撰述的时间与体例，本辑所收，基本上属于"思想的草稿"——进一步的深入研究，只能留待日后努力了。

2008 年 7 月 24 日于香港中文大学客舍

（《现代中国》第十一辑，陈平原主编，北京大学出版社，2008 年 9 月）

《现代中国》第十二辑编后

在《触摸历史与进入五四》（北京大学出版社，2005 年）一书的"导言"中，我曾提道："人类历史上，有过许多'关键时刻'，其巨大的辐射力量，对后世产生了决定性影响。不管你喜欢不喜欢，你都必须认真面对，这样，才能在沉思与对话中，获得前进的方向感与原动力。在我看来，'事件'早已死去，但经由一代代学人的追问与解剖，它已然成为后来者不可或缺的思想资料。对于 20 世纪中国思想文化进程来说，'五四'便扮演了这样的重要角色。作为后来者，我们必须跟诸如'五四'（包括思想学说、文化潮流、政治运作等）这样的关键时刻、关键人物、关键学说，保持不断的对话关系。这是一种必要的'思维操练'，也是走向'心灵成熟'的必由之路。与'五四'对话，可以是追怀与摹写，也可以是反省与批判；唯一不能允许的，是漠视或刻意回避。在这个意义上，'五四'之于我辈，既是历史，也是现实；既是学术，更是精神。"本辑集刊出版，恰逢学界纪念五四运动九十周年，毫无疑问，我们必须有所表示。

五四新文化运动与现代中国的命运密不可分。此前八十年，"纪念五四"，成了中国思想文化界的一件大事，但也不无"走过场"的时候。近年风气陡变，随着保守主义思潮的迅速崛起，社会乃至学界对"五四"有很多批评，对此，我们需要做出回应。并非主张"坚决捍卫"，而是希望站在新时代的立场，重新审视五四新文化运动。

有感于此，北大中文系除刊行同人文集《红楼钟声及其回响——重新审读五四新文化》（北京大学出版社，2009年），还将在4月23—25日召开"'五四'与中国现当代文学"国际学术研讨会，集中讨论如下话题：五四新文学及新文化内部的多元场景；五四新文化与晚清新学的历史纠葛；新文学与新学术；民间文学与大众文化；五四文学与左翼文学；新时期文学与'五四'之关联；台港及海外作家如何与'五四'对话；重读"五四"与保守主义思潮等。

本辑所收有关"五四"各文，均出自北大学子之手——美国纽约大学张旭东教授早年也曾就读北大，因此，也就不见外了。

2009年3月7日于京西圆明园花园

（《现代中国》第十二辑，陈平原主编，北京大学出版社，2009年4月）

《现代中国》第十三辑编后

因筹备北京大学中文系百年庆典，这一辑《现代中国》略有耽搁。此次系庆活动，包括持续五天的"北京大学中国语言文学系百年华诞庆祝大会"、"庆祝北京大学中国语言文学系百年华诞学生文艺晚会"、"中文教育的过去、现在与未来"学术研讨会、"众声喧哗的中国文学——首届两岸三地博士生中文论坛"，以及从年初到年底陆续举办的十个不同专题的国际学术会议。此外，我们还启动了两个高规格的系列讲座（"胡适人文讲座"与"鲁迅人文讲座"），并编辑刊行了六本纪念文集和二十册"北大中文文库"。除了学校的鼎力支持以及黄怒波等系友的热心捐助，我特别感激北大出版社——二十六本书，集中起来做，需要动用多少人力物力！

与系庆图书略有区隔的，是《北大中文年刊2010》以及《现代中国》第十三辑。前者选录北大中文系教师上一年度撰写的代表性论文五十篇，可以看作中文系的"年度工作报告"；后者则是北大20世纪中国文化研究中心主办刊物，规模相对小得多，但其持续十年的努力，也自有其可贵之处。对于一个强调"以学术为本"的系庆活动，这两种书刊也是一种必要的"帮腔"。也正是基于此考量，我赶在后者开印前夕，破例插进一篇关于"中文百年"的答问。

2005 年秋，我曾在《现代中国》第六辑的"编后"中称："在正襟危坐的论文之外，建立'对话'栏目，容纳若干很有见地、但未必符合学院派脾性的'言谈'，也算是有张有弛，相得益彰。作为文体的答问、对话、座谈、演讲等，不可能像专业论文那样精雕细刻，但其'逸笔草草'，也自有其特殊魅力。"这一思路，至今没有改变。第十三辑的编排，甚至将"对话"这一很不严谨、但以视野开阔见长的专栏，提到最前面，也算是别具一格。学问内容千差万别，表现形式更是五彩缤纷，若以为只有注释二十个以上（此乃香港某教授的规定）且进入"核心期刊"的，才值得认真对待，那就更大错特错了。

2010 年金秋 10 月于香港中文大学客舍

（《现代中国》第十三辑，陈平原主编，北京大学出版社，2010 年 11 月）

《现代中国》第十四辑编后

这辑学刊的最大特色，在十四篇出自年轻学人之手的长书评。办学术集刊，没能推出众多好论文，竟用如此篇幅对本领域诸多近作"评头品足",是否合适?面对可能的质疑,我学周作人,当一回"文抄公"。

在我看来,当下中国学界之所以非常"不尽如人意",很大程度是评价体系出了问题。我曾将此"大趋势"概括为:数量湮没质量、民主鼓励平庸、项目取代成果、学术受制人事、短线扭曲长期、媒体影响学界。怎么办?"位卑未敢忘忧国"的我辈,开出的药方竟然是"从书评做起"。

如今报刊上关于学术著作的书评(文学作品及大众读物的书评另当别论),或广告,或话题,或随笔,难得再见伯希和(Paul Pelliot)、杨联陞之类"汉学界的警察"的风采了。读书人都明白,书评很重要;可实际操作起来,则很难。权威学刊顶不住人情稿,加上追求转载率,纷纷谢绝书评;作者呢,花那么大精力读厚书写短文,且不算"学术成果",避之唯恐不及。到了著作评奖时怎么办?很简单,看作者名头、看装帧设计、看书籍分量,最后还看出版社或作者本人的"公关能力"。

这问题不是今天才有的,十多年前,我就感叹学术书评之缺失。"依我的浅见,目前中国的学术界与出版业,最缺乏、或者说最急需的,很可能不是评奖,而是众多适时且到位的书评。我说的'到位',指的是有明确的拟想读者和论述策略,而且具备可操作性。""为品位日高的新一代'文化人'开一扇通向学界的小窗,即便眼下没有多少实际效益,也是一种颇具前瞻性的'善举'。不久前，在一个有关书籍流通的小会上，我表达了上述感想，当即得到在场的《博览群书》主编的欣赏，于是有了'学术之窗'专栏的策划。"（陈平原《"学术之窗"之我想》，《博览群书》1999年第9期）约略同时，我在另一个座谈会上呼吁学界同人关注乃至参与撰写"准确"而不是"生动"或"借题发挥"的书评："国外大报上的书评，不少是大学教授所撰；而国内则相反，报纸上的书评，多系文化记者或初入门者所为，难得有'大手笔'愿写此类'小文章'。"（陈平原《"批评"：文化生产的关键一环》，《北京观察》2000年第11期）

弹指间，十多年过去了。"辟一小园，邀各方豪杰加盟，以书为媒，让大众了解学界，也让学界走向大众"——确实有人在做，也做得不错。只是相对于越来越红火的评奖活动，学术书评大都"养在深闺人未识"。

书评的作用，不仅仅是推荐好书；更重要的是，潜移默化地影响一时代之风气。说实话，我对大众传媒热心寻找"大师"不感兴趣。"我的基本思路是：学术风气好，不是大师，也能做出一流的成果；学术风气不好，自以为的、或被捧成的'大师'，必然迅速陨落。对于学者来说，学术环境最重要，你长期跟什么样的人对话、竞争，决定了你的视野与趣味、速度和高度。之所以天才成批地出现，蠢材或'不才'也都是成批出现，跟这有直接的关系。"（陈平原《"学术"谁来"评价"》，《社会科学论坛》2009

年第 4 期）

俗话说，"临渊羡鱼，不如退而结网"。作为低调的理想主义者，我是相信"只要耕耘必有收获"的。于是，学鲁迅"在《药》的瑜儿的坟上平添一个花环"（《呐喊·自序》），我也补上这么一句：这"网"若是结得好，这代人打不上鱼，还有下一代呢。政府有钱，风风火火弄评奖去；日渐衰颓的民间，只好在力所能及的范围内，写写 / 发发书评，给仍对学术有兴趣的读者推荐几本值得一读的好书。如此而已，岂有他哉！

2012 年 4 月 28 日于圆明园花园

（《现代中国》第十四辑，陈平原主编，北京大学出版社，2011 年 12 月）

《现代中国》第十五辑编后

这是最后一次为《现代中国》撰写"编后"了，敲下标题，黯然神伤。

从第一辑起，每辑学刊编完，我都会写几句"闲话"，或扣紧专题谈文章，或因地制宜发感慨，或旗帜鲜明表立场。为撰此文，重读前十四辑"编后"，感叹世道沧桑，确实到了"归去来兮"的时候。

记得第一辑学刊编定，是在2001年初，至今差不多十二年。照中国人的说法，十二年为一纪；此时此刻，未能更上一层楼，反而准备关门大吉，实在愧对可能存在的"热心读者"。

《现代中国》第一辑"编后"曾以《有情怀的专业研究》为题，发表在2001年5月30日的《中华读书报》上。其中提到随着专业化思想的深入人心，治学者必须接受系统训练并遵守学术规则，已经成为共识，并逐渐得到落实。我担心的是，"专业主义"一旦成为塑造我们思想行为的主要力量，会对各种可能出现的"奇思妙想"造成极大的压抑。既投身"专业化"大潮，又对所谓的"正统派"之得失保持清醒的认识，我以为是必要的。具体说来，就是希望用"情怀"来补"规则"的缺失。

第二年3月，在题为《关注"现代中国"》的专访中，我重申此立场，解释为何要从《学人》之提倡"学术规范"，转为《现代中国》之讲求"有情怀的专业研究"："在我看来，规则是一个入门的东西，不可不谈，但也不可过分倚重。对于学者来说，除了规则，还有别的更重要的东西。比如做20世纪中国文化研究的人，总是在学术之外，对当下有所关心。对于他们来说，成为一个合格的'专家'，便不是最高境界。"（杨早《关注"现代中国"——就〈现代中国〉的出刊访陈平原先生》，《中华读书报》2002年3月20日）

刚进入新世纪时，似乎有点新气象；可很快地，各种压力接踵而至，我辈的"雄心壮志"遂逐渐消磨于无形。我说的不是政治上的"禁区"，而是体制化的"规训"。先是明令取缔民间学刊，后略为放松，允许其存在，但通过建立国家审定的核心期刊、评价标准、奖励机制等，迅速压缩民间学术的生存空间。各大学普遍规定，教师在 A 类刊物、B 类刊物、C 类刊物发表论文，有真金白银的犒赏。而所谓 ABC 类刊物，前提是有刊号；换句话说，"以书代刊"者全部出局。作为大学教师，你可以继续在民间学刊上发论文，但在官方制定的评价体系中，这不算业绩，纯属"业余爱好"。考虑到奖金十分优厚，除了极少数"冥顽不化"者还在坚持"走自己的路"，中国高校的绝大部分教师，不管是否情愿，全都只能"入吾彀中矣"。

在《人文学之"三十年河东"》(《读书》2012 年第 2 期)中，我曾提及"引领或制约一个时代学术风尚及士林气象的，到底是官府还是民间"："以最近三十年的中国学界为例，80 年代民间学术唱主角，政府不太介入；90 年代各做各的，车走车路，马走马道；进入新世纪，政府加大了对学界的管控及支持力度，民间学术全线溃散。随着教育行政化、学术数字化，整个评价体系基本上被政府垄断。我的判断是，下一个三十年，还会有博学深思、特立独行的人文学者，但其生存处境将相当艰难。"若是著名学者，还勉强可以"特立独行"；但如果是青年教师，想凭个人兴趣读书

写作，那纯属"自我放逐"。

面对此无力阻挡的"大趋势"，作为《现代中国》的主编，我内心十分纠结——邀请著名学者"友情出演"，一两次可以，多了是不行的；若是青年教师，为了人家的前程，好文章必须鼓励其投给"一流刊物"。这样算下来，要想办好《现代中国》，不说"绝无可能"，也是机会甚微了。当然，每期《现代中国》上都有好文章，但组稿周期的拉长，已经说明了其间的窘境。

今年4月，南京大学中国社会科学研究评价中心将《现代中国》列为CSSCI集刊，也就是说，各高校教师在上面发文章，勉强可以"算分"了。朋友们勉励我继续努力，以"修成正果"；犹豫了好一阵子，最终还是决定放弃。原因是，一旦进入这套"游戏"，为了适应"规则"，必定变得亦步亦趋，患得患失，很难再有独立寒秋、挥洒才情的勇气。说实话，这套以制订计划、申请课题、编列预算、花钱报账为基本程序的"学问"，非我所长，也非我所愿。因此，征求了北京大学20世纪中国文化研究中心诸位同人的意见后，决定暂时停刊。

北京大学20世纪中国文化研究中心成立于1999年，除了主办学术会议、组织合作研究、出版大型丛书，2001年春起又开始编辑《现代中国》。我曾如此"自我吹嘘"：《现代中国》是专业性很强的学术刊物，同时又有强烈的文化关怀。谈论"20世纪中国"，既可能是一个综合性质的、跨越不同学科的课题，也可能是一种延续着传统而又关注着当下的眼光。这就决定了其既是历史命题，也有明显的问题意识。本学刊探讨的对象涵盖晚清以降中国的文学、教育、思想、学术、艺术等各个层面，每辑三十五万字左右，原定半年出刊，实际上略有耽搁。学刊编委包括北大中文系教授严家炎、谢冕、孙玉石、钱理群、洪子诚、温儒敏、陈平原，哲学系教授王守常、胡军，历史系教授欧阳哲生，艺术系教授朱青生等。作为主编，我的工作得到了王风、吴晓东、陈泳超、贺桂梅四位编辑的积极协助。这四位"编辑"，当初因是年轻教师，未进入"编委"行列；如今他们也都成了独当一面的"大将"了。

或许有一天，情势好转，我又重作冯妇；但更大的可能性是年轻一代像我当年那样，"知其不可而为之"，在夹缝中努力寻找一线生机，让《现代中国》东山再起——我真心期待这一天早日到来。

最后，请允许我代表编委会，向湖北教育出版社和北京大学出版社致谢。前五辑学刊的印刷及稿费，由湖北教育出版社独力承担；后十辑由北京大学出版社刊行，虽略有补贴，但相对于迅速上涨的成本，出版社明显是亏本了。在这种状态下，北大出版社领导及责任编辑艾英女士，能坚守诺言，继续刊出，令人感动。

值此暂时停刊之际，特向曾热心支持本学刊的诸多作者及读者，还有出版界、新闻界的旧雨新知，表示衷心的感谢。

2012 年 12 月 24 日于香港中文大学客舍

（《现代中国》第十五辑，陈平原主编，北京大学出版社，2014 年 7 月）

附录三：依旧"关注'现代中国'"

十五年前，北京大学 20 世纪中国文化研究中心在北大勺园举行成立仪式暨研讨会，嗣后在《中华读书报》（1999 年 8 月 4 日）刊出严家炎、谢冕、孙玉石、钱理群、洪子诚、温儒敏、胡军、陈平原等八文，总题为"20世纪中国文化研究笔谈"。我在《权当"编后"》中称："成立一个虚体性质的研究中心，以学术课题为纽带，联系众多校内外学者，综合考察'20世纪中国'的文学、思想、学术、教育等，这在作为五四新文化发源地的北大，本是'题中应有之义'。可具体操作起来，却不是一件容易的事情"；"除了'学术创新'、'世界一流'、'人才基地'等闭着眼睛也能想到的套语外，该中心的宗旨，还有这么一条：研究艰难中崛起的'20世纪中国'，希望在重铸'民族魂'以及积极参与当代中国的精神及文化建设方面，发挥更大的作用。了解北大的历史传统及其现实处境的读者，当能明白这句大白话背后隐含的学术'野心'。"

今天回望，终于明白当初所说的"这是一个需要志趣、激情、想象力以及严谨求实精神的事业，同时也很可能是一条布满荆棘与陷阱的坎坷之路"，确实很有预见性。所谓"坎坷之路"，没有踏上之前，说起来很轻松，明显地低估了其"挑战性"。这里不说该中心组织的诸多学术活动以及召开的各种研讨会，就谈三种系列出版物：《现代中国》集刊、"20世纪中国学术文存"以及"20世纪中国人的精神生活"丛书，是如何迅速崛起而又逐渐衰落的，还有就是这背后蕴含的思想及学术潮流的转移。

总共刊行了十五辑的民间学刊《现代中国》，由北京大学20世纪中国文化研究中心主办，先后得到湖北教育出版社（一至五辑）以及北京大学出版社（六至十五辑）的鼎力支持。在《民间学刊的可能性》(《北京青年报》2014 年 7 月 20 日）中，我谈及此集刊的特色、贡献与遗憾。至于停刊原因，在《告别〈现代中国〉》（《中华读书报》2013 年 9 月 11 日）中有如下表述："邀请著名学者'友情出演'，一两次可以，多了是不行的；若是青年教师，为了人家的前程，好文章必须鼓励其投给'一流刊物'。这样算下来，要想办好《现代中国》，不说'绝无可能'，也是机会甚微了。"虽然 2012 年 4 月南京大学中国社会科学研究评价中心将《现代中国》列为 CSSCI 集刊，高校教师在上面发文章，勉强可以"算分"了，可我还是决定放弃。"原因是，一旦进入这套'游戏'，为了适应'规则'，必定变得亦步亦趋，患得患失，很难再有独立寒秋、挥洒才情的勇气。说实话，这套以制订计划、申请课题、编列预算、花钱报账为基本程序的'学问'，非我所长，也非我所愿。"

对于今天中国大学里的人文学者来说，"独立之精神"与"自由之思想"，不再是可以随意挥舞的大旗。其中一个很重要的原因是，民间学术已然全面崩溃。取而代之的是，第一，计划学术——以课题为中心，以经费为标志；第二，集团作战——强调领军人物与协同创新；第三，国家认定——从刊号控制到刊物等级；第四，数量优先——配合大学管理的数字化。想想晚清以及五四新文化人的英姿，如创办《新民丛报》《民报》《国粹学报》，还有《新青年》、《学衡》、《语丝》、《独立评论》、《禹贡》、《食货》等，或议政，或论学，都是自立门户，激扬文字。这样的风采，以后很难再现了——读书人都被课题、经费、职称、荣誉等压垮了脊梁，不好意思再"呐喊"与"彷徨"了。

前些天在北大开过了《现代中国》停刊座谈会，剩下的，就是如何善后的问题。最简单的，莫过于将第一至十五辑的目录挂到网上，以便读者了解此"出师未捷身先死"的集刊。接下来呢，若出版社能提供电子版，则争取进入数据库，以便研究者检索与阅读。很多年前，清华同方来人要求将《学人》文章全部录入，因无法征询所有作者版权，我不敢贸然答应。事后证明，如此矜持，有很大的遗憾。因为，对于今天的年轻学者来说，无法检索的论文是"不存在"的。第三件想做的事是，将好几次圆桌会议的"论学纪要"集结成书，留一个纪念。至于专业论文，因版权属于各位作者，不想编"精选"之类的书籍。

相对来说，那两套雄心勃勃的丛书，更能体现我们的志向、趣味与困境。2002 年起由湖北教育出版社刊行的"20 世纪中国学术文存"，希望兼及"史家眼光"与"选本文化"，将巨大的信息量、准确的历史描述，以及特立独行的学术判断，三者有机地融合在一起。这样的工作，虽不属如今备受推崇的"专著"，但借此勾勒出 20 世纪中国学术史的若干面影，并给后来者的入门提供绝大方便，在我看来，"功莫大焉"。这篇丛书的总序，曾以《立足反省的学术史》为题，刊 2002 年 9 月 18 日《中华读书报》：

　　以"文存"而不是"通史"的方式立说，有便利读者的考虑，但更重要的，还是挑战目前中国学界普遍存在的"好大喜功"、"华而不实"。话越说越多，书越写越厚，可见识却越来越少。与其写一部屡经稀释的百八十万字的"通史"，不如老老实实，讲完自家的点滴体会，引领读者进入某一已相当充盈的"学术角"。这里奉献的每册图书，均包含学术史性质的"导论"、群星闪烁的"文选"，以及相关论著的"索引"三部分。"导论"见史识，"索引"显功夫，"文选"部分则在对先贤表达敬意的同时，为后来者提供阅读及研究的方便。

即便是十多年后的今天，这套丛书的立意、宗旨与编辑思路，还是站得住脚的；更值得骄傲的是，这套丛书的编者阵容强大。以2002—2008年先后刊行的十五种为例：罗宗强编《古代文学理论研究》、张少康编《文心雕龙研究》、张宏生等编《古代女诗人研究》、吴承学等编《晚明文学思潮研究》、周勋初编《李白研究》、庞朴等编《先秦儒家研究》、褚斌杰编《屈原研究》、吴国钦编《元杂剧研究》、葛剑雄等编《历史地理研究》、王小盾等编《词曲研究》、徐朔方等编《南戏与传奇研究》、瞿林东编《中国史学史研究》、刘泽华等编《中国政治思想史研究》、乐黛云编《比较文学研究》、汤一介等编《魏晋玄学研究》。我相信，今天即便是"国家级"的科研中心，要动员这么多著名学者来做这件事，也都不是很容易。而当初，这套丛书竟然是我与一个地方出版社合力扛起来的。

当然，也正因为是"非正规"、"无资助"、"民间化"作业，时间及精力没有保证，以至未能一鼓作气，达成既定目标。等到出版社效益锐减、人员调换，后面几种书稿（包括我自己的《中国现代文学研究》和《鲁迅周作人研究》）就只能胎死腹中了。顺便说一句，这套"起了个大早，赶了个晚集"的丛书，以目前的学术眼光，依旧值得重印或续编。或许，这就是民间学术的宿命——因系"业余"且各自为战，无法集中精力，更谈不上全力以赴。与政府主导或大学支持的轰轰烈烈的"重大课题"相反，民间学术的特点是很有创意，不拘格套，但因人力物力所限，多成了"半截子工程"。

与"20世纪中国学术文存"相伴而行且起步更早的是2000年起在贵州教育出版社陆续刊行的"20世纪中国人的精神生活"丛书。在回答《中华读书报》记者提问时，我曾这么勾勒这套丛书：选择过去百年的近百种图书，描述其来龙去脉，借以勾勒20世纪中国思想文化的变迁。先以推荐、整理旧书的形式面世，再将各书"导读"加以修订，最终撰成一部暂名为《20世纪中国人的精神生活》的大书。明眼人一看就明白，不说"思想史"或"文化史"，而提相对笼统的"精神生活"，这里有法国年鉴学派的影响。即意识到所谓的"思想史"，不应局限于哲学观念，而应包含大众的生活、知识、心灵以及审美趣味等（参见《书的命运与人的精神》，《中华读书报》2001年11月21日）。

六年间，这套丛书先后刊行了陈平原编选并导读的《〈点石斋画报〉选》、钟少华编选并导读的《词语的知惠——清末百科辞书条目选》、孙玉石导读的《死水·神话与诗》、钱理群导读的《鲁迅杂感选集》、陈平原导读的《章太炎的白话文》、陈平原导读的《尝试集·尝试后集》、夏晓虹编选并导读的《〈女子世界〉文选》、陈平原编选并导读的《〈新青年〉文选》、王观泉编选并导读的《〈独秀文存〉选》、陈铁健导读的《多余的话》、欧阳哲生导读的《天演论》等。此后几年，也是因出版社人事变动，加上我们的懒惰与精力分散，这套原本很有特色的丛书停滞不前了。直到去年，出版社方才重整旗鼓，继续编辑夏晓虹导读的《秋瑾女侠遗集》、王风导读的《静安文集》、陈平原导读的《〈中国新文学大系〉导言集》、陈平原编选并导读的《〈文明小史〉与〈绣像小说〉》等书稿。今年8月在贵阳举办的第二十四届全国书博会上，这套新旧杂陈的丛书，将作为整体"闪亮登场"。至于日后是否继续，目前尚无定论，但该丛书"总序"中的这段话，还是值得推荐的：

　　与书斋里的宏论不同，本丛书希望沟通专家学识与大众趣味，借"读书"回顾先辈的足迹，丰富当代人的精神感受与历史意识，故关键在于"同情之理解"，而不是判断与裁定。具体的工作策略是：将书籍本身的评介与"接受史"的叙述融为一体，并掺入个人的阅读体验。假如撰写导读的专家们之生花妙笔能勾起大众的阅读兴趣，使"旧书"介入"新世纪"中国人的精神生活，则功莫大焉。说到底，书，并非越新越好；人，也不一定越活越精神。这才有必要不时地回顾历史——包括阅读并未完全过时的好书。

回顾过去的"学术文存"，兼及当下的"精神生活"，加上注重整体及跨学科研究的"现代中国"，这三个关键词，合起来就是我们心目中的"有情怀的学术"。

当年因《现代中国》出版，我曾接受专访，谈为何以及如何关注"现代中国"，其中特别强调从《学人》之提倡"学术规范"，转为《现代中国》之讲求"有情怀的专业研究"："在我看来，规则是一个入门的东西，不可不谈，但也不可过分倚重。对于学者来说，除了规则，还有别的更重要的东西。比如做20世纪中国文化研究的人，总是在学术之外，对当下有所关心。对于他们来说，成为一个合格的'专家'，便不是最高境界。"

如此"宏大叙事"，虽很美好，其实非北大20世纪中国文化研究中心所能承担。比起体制化的学术机构，如中国人民大学的清史研究所、复旦大学的文史研究院，以及北京大学的国际汉学家研修基地等，我们中心一无经费、二无编制、三无空间，即便不走弯路且余勇可贾，也都摆脱不了逐渐没落的命运。前些年北大制定未来二十年发展纲要，讨论稿中列出人文学方面的好几个重点发展领域，不是古典，就是西方，唯独没有"现代中国"。在讨论会上我慷慨陈词，称北大以五四新文化运动起家，不该如此"厚古薄今"。校方从善如流，加进去了，可没有任何实际行动。我猜想，不是怀疑现代中国研究的价值，而是担心其中的陷阱。这既是学术风气转移的表征，也代表了北大教授独立思考以及介入社会能力的日渐萎缩。

十年《学人》，加上十五年《现代中国》，这四分之一个世纪的"业余编辑"生涯，让我了解90年代以来中国学术发展的各种坑坑洼洼。我们这一辈学人，从80年代走过来，有过许多光荣与梦想，也经历了若干暗礁与险滩，其对于"民间学术"的执著与坚持，如今显得很不合时宜。在《人文学之"三十年河东"》(《读书》2012年2期)中，我曾提及："以最近三十年的中国学界为例，80年代民间学术唱主角，政府不太介入；90年代各做各的，车走车路，马走马道；进入新世纪，政府加大了对学界的管控及支持力度，民间学术全线溃散。随着教育行政化、学术数字化，整个评价体系基本上被政府垄断。我的判断是，下一个三十年，还会有博学深思、特立独行的人文学者，但其生存处境将相当艰难。"

另一方面，我也在反省，习惯于特立独行的我辈，为何许多事情很早就意识到了，可始终没做好？说到底，集体作业与个人创意是两回事情。讲趣味，必须尊重每位学者的个性与才情；要效率，则希望红旗一挥，所向披靡。虽然集合了不少著名学者，作为中心主任，我其实没有任何"令行禁止"的欲望；反过来，还小心翼翼地努力保护每个学者的独立性。原因是，看多了上世纪五六十年代中国学界"集体编书"的陷阱，深怕重蹈覆辙。更何况，明知"水至清则无鱼"，我还是略有洁癖，不能容忍丛书中出现粗制滥造之作。挑选作者时眼界甚高，编辑文稿中又挑挑拣拣，还会因引文、注释乃至版式设计等枝节问题，与作者或出版社争执不休，这种性格，注定无法成为韩信那样的"领军人物"。看来，拿得起，放得下，忘得了，走得开，也是一种本事。

某种意义上，做学问从来都是寂寞的，想象马蹄过处遍地鲜花，那是很不现实的。任何时代，都是随大溜的居多。而散落各地的志存高远的读书人，既期待特立独行，又希望相濡以沫，于是，组织同人刊物（不管是否公开发行）是很好的策略。尤其在历史转折关头，同人的眼光与步伐，决定了你的思考深度与精神高度。当然，突破藩篱的那一瞬间之后，不妨各奔东西，寻求各自的最佳发展途径。是的，天下没有不散的筵席。

从八九十年代走过来的学者，因曾经的梦想，还能保持某种独立姿态。随着政府奖助学术的力度倍增，很多年轻朋友从踏出校门的那一刻起，就整天沉浸在"项目"与"课题"中。可内心深处，不见得就没有那种海阔天空的境界或狂放不羁的精神需求。

观察了很久，我终于发现，每代人都有自己的应对之计——不像我们将自家理念写在脸上，碰到障碍时不会转弯，有时甚至硬碰硬；年轻一辈学者视野开阔，学养不错，有自己的坚持，但不太拘谨。念及此，没有理由杞人忧天。

我们这一代学人的贡献与局限性，都摆在那里了，任人评说；后来者自有超越我们的途径与策略——尽管他们有他们的困境。记得一个朋友说过，到了一定年纪，必须学会"推卸责任"，这不是逃避，而是为了更好地"完善自己"，做自己想做且能做的事；而且，也是为了给后来者腾出必要的舞台与灯光。

具体到北大20世纪中国文化研究中心，我及我以上的学者们，该到歇一歇肩、换一换跑道的时候了。令人欣慰的是，年轻一辈学者完全有能力接好班。于是，我们的工作，除了依旧"关注'现代中国'"，还有义务关注年轻一辈学者的精彩表现，且不失时机地为其喝彩、加油。

（此文据作者2014年7月11日在北京大学召开的《现代中国》停刊座谈会上的发言修改而成，初刊2014年7月16日《中华读书报》）

附录四：民间学刊的可能性

2001 年创办的《现代中国》，前五辑由湖北教育出版社推出，出版社负责全部费用，印刷装帧都很不错，唯一的遗憾是发行问题；后十辑请北京大学出版社接手，虽然我们略有资助，但还是需要出版社多加补贴——对于这两个出版社的鼎力支持，我始终心存感激。

在第一辑的《编后记》中，我提及："随着专业化思想的深入人心，治学者必须接受'系统训练'，这已经成为共识，而且正在迅速落实。我担心的是，'专业主义'一旦成为塑造我们思想行为的主要力量，会对各种可能出现的不合规矩的'奇思妙想'造成极大的压抑。越来越精细的学科分野、越来越严格的操作规则、越来越艰涩的学术语言，在推进具体的学术命题的同时，会逐渐剥离研究者与现实生活的血肉联系。对于人文学来说，这个代价并非微不足道。既投身'专业化'大潮，又对'正统派'之得失保持清醒的认识，我以为是必要的。"此文以《有情怀的专业研究》为题，发表在 2001 年 5 月 30 日的《中华读书报》上。我在文末称："北京大学 20 世纪中国文化研究中心成立时，曾表白要以学术的方式，积极参与当代中国的精神及文化建设。了解北大的历史传统及其现实处境的读者，当能明白此话背后隐含的学术意识与人间情怀。《现代中国》的创办，希望能部分落实当初的宏愿。"

想得到的，未见得就能做得到；但如果连想都不敢想，只晓得"顺流而下"，那就太可惜了。

此集刊没有采用现在很多名刊所标榜的"匿名评审"，理由是："办报办刊有两种截然不同的思路，一是争取第一，即办成某领域内说一不二的'权威刊物'；一是特立独行，要求性格鲜明，且有明显的文化关怀——此乃《新青年》以降新文化人的思路。前者以学术水平为唯一标准，需要众多专家的公平鉴定，'匿名评审'可以杜绝滥竽充数者。后者的选稿标准，并不以学术水平为唯一指标——很可能采用虽不成熟，但很有冲击力的论文，而排斥学术水平很高，但志趣完全相反者。"（杨早《关注"现代中国"——就〈现代中国〉的出刊访陈平原先生》）这个思路不见得能被广泛接受，但确实是我们的工作策略。说白点，这更接近民国年间的"同人刊物"。并不标榜质量上乘，更关注的是集刊的整体风格是否明晰，以及有无自家面貌。因现实条件限制，《现代中国》上其实没有多少"非常可怪"之论，聊以自慰的是，所刊论文多能自主、自立且自洽。

除专业论文外，《现代中国》坚持发表长篇书评，是一大特色。每期评价近两年出版的十几本专业著述，带有推介性质，且借此呈现自己的学术标准及现实关怀。值得庆贺的是，在国内学术期刊大都停发书评的当下，我们坚持下来了，十五辑学刊总共发表了一百一十九篇颇有分量的学术书评（不是一两千字的书介，而是五六千乃至上万字的书评）。撰写学术书评的，偶有名教授，但以北大中文系的研究生为主力。随着岁月迁移，这些书评作者，很多日后为集刊提供了很好的专业论文。可见，此栏目既荐书，又培养作者，可谓一举两得。

除了书评，《现代中国》的"学术对话"栏目也很有特色。有专题演讲，但更值得关注的是圆桌会议纪要。如第六辑之《"中国三十年代文学研究会"与日中文化交流》（丸山昇等）、《文学复古与文学革命》（木山英雄等）；第九辑之《海外中国学的视野》（王德威等）；第十三辑之《文学史的书写与教学》（宇文所安等）、《〈北京苦住庵记〉谈话会》（木山英雄等）、《〈废名集〉笔谈选录》（解志熙等）；第十五辑之《"跨媒介"如何对话》（李欧梵等）。作为主编，我多次打破惯例，将演讲、对话或资料考辨放在"开门见山"的地位，理由是："在正襟危坐的论文之外，建立'对话'栏目，容纳若干很有见地、但未必符合学院派脾性的'言谈'，也算是有张有弛，相得益彰。作为文体的答问、对话、座谈、演讲等，不可能像专业论文那样精雕细刻，但其'逸笔草草'，也自有其特殊魅力。"（《现代中国》第六辑"编后"）你可以说这与我等早年"20世纪中国文学三人谈"的经验有关，可也是对日渐呆板的学术期刊编辑思路的反叛。

《现代中国》之所以能略有所成，最应该感谢的，当然是各位作者。因为，在目前的评价体系中，将稿子交给"非核心期刊"

的《现代中国》，不无"明珠暗投"的遗憾。因为，所谓学术水平高低，那是软指标；被不被官方承认，却决定了当事人的职称晋升以及奖金发放。因此，值此纷纷"核心"之际，愿意投稿给民间学刊的，都是两肋插刀的"英雄好汉"。

北大20世纪中国文化研究中心内部，供稿最积极的，当属"劳动模范"孙玉石，他总共在《现代中国》发表了九篇论文。其次是钱理群，表面上只发了三篇，另外还有两篇是被"和谐"掉了。每当我苦着脸向他传达出版社"顾全大局"的要求时，他都很大度，说"没关系"。如此屡败屡战，老钱没有一句怨言，依旧给《现代中国》供稿，这让我很感动。王风除了提供四篇精彩论文，还负责撰写每期封三的杂志介绍。这些短文很不好写，除了准确、简要，还得隐约透露我们的关怀——借此表示我们集刊追摹的目标。此外，中心成员积极撰稿的还有欧阳哲生八篇、胡军七篇、吴晓东六篇、贺桂梅六篇、严家炎三篇、洪子诚三篇、温儒敏二篇、谢冕二篇、朱青生二篇、陈泳超二篇。

至于中心之外的作者，最积极、也最值得感谢的是夏晓虹（九篇）、王德威（五篇）、赵园（四篇）三位。此外，北大校内教授罗志田、周小仪、方锡德、龚鹏程、陈晓明、李杨、韩毓海、张颐武、张辉、高远东、孔庆东、姜涛，以及校外专家耿云志、幺书仪、张菊玲、钟少华、张西平、李长莉、黄修己、解志熙、程光炜、李今、杨联芬、高恒文、罗岗、陈方竞等，都曾给我们提供好文章。

还得感谢国外以及境外的作者，包括美国的王德威、奚密、张旭东，日本的平田昌司、尾崎文昭、北冈正子、沈国威，英国的贺麦晓（Michel Hockx）、新加坡的关诗珮，台湾地区的沈冬、梅家玲、香港特区的陈国球、陈建华、黄子平、许子东等。另外，还有作为嘉宾出席讨论会的丸山昇、木山英雄、宇文所安、李欧梵等。

正是以上这些很有光彩的名字，支撑起《现代中国》的学术形象，也使得我们有能力在汹涌的时代大潮边，保持一种冷静的、理性的、特立独行的姿态。

我的《告别〈现代中国〉》撰于 2012 年 12 月 24 日，初刊《中华读书报》2013 年 9 月 11 日，可这一期终刊号竟一拖再拖，直到近日才发行。这不是出版社的问题，是我们自己在犹豫。说实话，做出停刊的决定是很痛苦的。也曾考虑妥协或变通，可长痛不如短痛，还是自我了断好。为什么？我的判断很明确，推崇民间学术的时代已经结束了。若是著名学者，还可勉强"自作主张"；但如果是青年教师，想凭个人兴趣读书写作，那纯属"自我放逐"。这个时代，要不进入体制，争取多分一杯羹；要不走自己的路，不要眼红别人的好处多多。

说实话，我以及我以上的先生们是有"自由挥洒"的空间的，文章在哪里发表都可以，不一定非挤占《历史研究》或《文学评论》的篇幅不可；但年轻学者不一样，他们还有很长的路要走。办杂志得靠他们，既希望他们"投入"，又害怕他们"过分投入"。思前想后，还是停刊好。

将来有一天形势好转，他们中有人愿意赓续这个传统，当然很好；若没有，做一个美丽而苍凉的手势，就此别过，也没什么了不起。你看现代史上那么多优秀学刊，不也都成为遥远且美好的记忆？

2014 年 7 月 11 日在北大召开的《现代中国》停刊座谈会上的发言

（初刊《北京青年报》2014 年 7 月 20 日）

《文学研究前沿》主编寄语

　　所谓"东海西海，心理攸同；南学北学，道术未裂"（钱锺书《谈艺录·序》)，那基本是一种理想境界。理论上，做学问的人，都该博古通今、学贯中西才是；可实际上，单是不同语言之间的隔阂，便多少限制了思想的沟通以及学者间的对话。这还不算那些隐藏在语言隔阂背后的文化偏见以及立场歧异。如何填平这些有形无形的鸿沟，达成跨语际的对话，"翻译"大概是必不可少的手段。

　　选择若干近年中国学者所撰关于中国古代文学、中国现当代文学、文学理论与批评史、比较文学及世界文学等学科的专业论文，将其译成英文，奉献给西方学界，既可帮助散落世界各地的中国学家更好地了解中国同行的工作，在良莠不齐的大量论著中，迅速发现潜在的对话者；又可为那些并非专门从事中国研究、无法阅读中文的海外学者，提供若干中国学者对于"文学"的想象。此举表面的理由是，展现当代中国学术的最新进展；而潜在的动

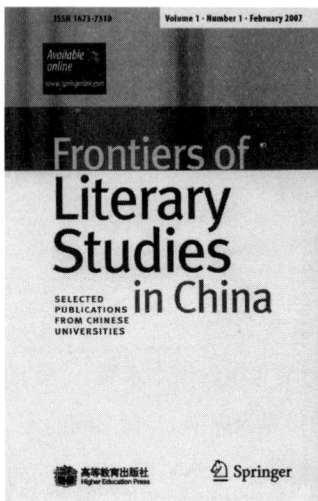

因则是，"要出而参与世界的事业"（鲁迅《而已集·当陶元庆君的绘画展览时》）。即便就像鲁迅说的，把范围缩小，就谈"文艺之业"，我们也都渴望着与世界各国学者对话。

既然是"对话"，而不仅仅是展现自家业绩，那就必然包含：建成沟通的渠道，倾听反对的声音，直面共同的困境，调整自家的立场。借助《文学研究前沿》这么一个交流平台，既发出中国学者的声音，也期待着回应与批评。没有理由认定，只有中国人才能很好地领悟中国文化及文学的精妙之处。承认在诠释既古老渊深而又日新月异的中国文学时，各国学者之间存在着差异，学会在论争中奋力前行，对于今日的中国学者来说，同样是当务之急。

2006 年 12 月 3 日于圆明园花园

（*Frontiers of Literary Studies in China*，第 1 卷第 1 期，2007 年 2 月）

《文学研究前沿》改版说明

创刊四年，遴选一百零八篇中国学者论文，将其译介到国际学界，这成绩固然不错，但还只是"万里长征"迈出了可喜的"第一步"；真想达到一百年前王国维所说的"学无新旧也，无中西也，无有用无用也"（《〈国学丛刊〉序》）的理想境界，则还有很长、很长的路要走。在中国，建立一个有效的交流平台，让持有不同政治立场、文化背景及学术趣味的中外学者，在此进行卓有成效的对话，进而切实推进"文学研究"，这比单纯追求"发出中国学者的声音"更有意义。

正因此，2011 年开春，本刊将由"选文"改为"原发"——或用英文直接撰写；或将中文未刊稿提交审查通过后，再译成英文；或选择若干在中国学界获得好评的著作或论文，进行必要的改写。总之，将不再直接根据已刊论文进行英译。

改版后，本刊所收论文，依旧涵盖中国文学研究的各个领域，包括中国古代文学、中国现当代文学、世界文学及比较文学、文学理论及批评史等；作者则不拘职业，不限地域，也不问国籍。为此，我们重组了编委会，增加了欧美及日本学者。需要说明的是，这只是初步转型，若有必要，还将做进一步调整。

意识到某种历史责任，但不见得真能很好承担；知道自己的局限，却仍将奋力前行——希望我们这一届编委会，能为后来者开辟尽可能广阔的发展空间。

2010 年 9 月 26 日

（*Frontiers of Literary Studies in China*，第 5 卷第 1 期，2011 年 1 月）

《北大中文学刊》发刊词

"春华"未必"秋实",作为现代学人,我等不能不既讲耕耘,也问收获。不仅收获,还得学会"广而告之"。为了向中外学界汇报业绩,也为了自我鼓励,北京大学中文系决意创办《北大中文学刊》。

学刊年出一卷,选录同人过去一年间公开发表的学术论文。不定名额,无论长幼,更遑论原刊何处,凡北大中文系在岗教师,每人均可提交一文送审。能通过校内外专家匿名评审者,即予以收录。

学刊所收文章,一律注明出处,原则上不做修改(错别字除外)。各文的编排,注重专题性,而不是所属单位。书后附列同人在过去一年出版的著作目录(或新刊,或增订再版)。

之所以人限一篇,主要还不是篇幅限制,而是提倡"精雕细刻"。每年有一篇自家满意的"好文章"发表,在我看来,已属难得。

尊重同人的个性、趣味及自我期许,不强求一律。再说,学刊并非高下立判的"擂台",而是自我展示的"橱窗"。我们的愿

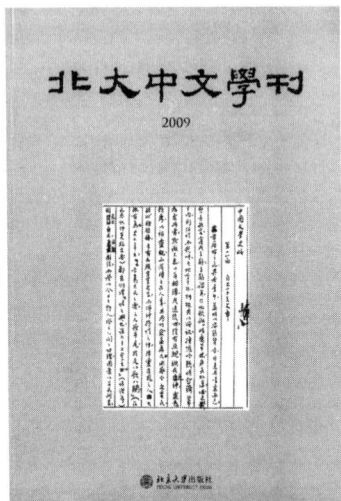

望是，有更多同人所撰"宏文"，因此而长上翅膀，飞向更加辽阔的世界。

现代学术讲究"专业性"，同在中文系教书，却也面临"隔行如隔山"的尴尬。平日里各自忙碌，难得关注同事的工作。这册学刊，将迫使同人进入"跨学科"对话状态。若能因此而增进同事之相互了解，乃至如切如磋，如琢如磨，则幸甚。

2009 年 8 月 13 日

（《北大中文学刊 2009》，北京大学出版社，2009 年 11 月）

《中国文学学报》发刊辞

北京大学中文系与香港中文大学中文系之间，多有精诚合作，除教师讲学、学生交换、学术会议外，还合办过《中文学刊》(1997—2008)。此次更弦易辙，以"中国文学"为论述对象，且广邀国内外名家，希望能一新读者耳目。

学问乃天下之公器，本学报虽为两校中文系合编，却是面向国内外学界的公共舞台。只是由于审稿能力及读者趣味，本学报所收论文，仅限中文及英文。

今日之"中国文学"论述，除了不问汉宋、兼采中西，学术视野及研究方法更是不拘一格。除传统的中国古代/现代文学及文论外，比较文学、文化研究以及思想史、学术史、教育史、文化史、艺术史等论文，凡牵涉"中国文学"者，均在本学报征集之列。

何谓"学问"，如何"表述"，各方理解不尽相同。考虑到古今中外精彩的述学之文，有"大体"而无"定体"，本学报所收以专业论文为主，兼及言之有物或启人心智之评论、演讲、书评等。

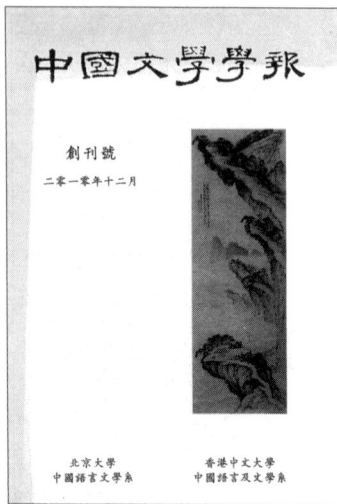

本学报暂定年出一期，希望以"厚积薄发"取信于中外学界。

2010 年 12 月 10 日

（《中国文学学报》创刊号，香港：中文大学出版社，2010 年 12 月）

《中国俗文学》发刊词

　　十年前出任中国俗文学学会会长，基于如下考虑，我选择了"学术史上的俗文学"作为切入口：21世纪的中国文学史家，无法完全漠视"俗文学"的存在；而这，有赖于我们自身研究水平的迅速提高，而不是咄咄逼人的挑战姿态；学术史的清理，可以让我们获得清晰的前景，起码知道"路在何方"。随后的几年，中国俗文学学会组织了好几次学术研讨会，并合作编纂了声誉甚佳的《现代学术史上的俗文学》（湖北教育出版社，2004年）。

　　其实，类似的工作，此前此后也有人做，如吴同瑞、王文宝、段宝林编《中国俗文学七十年》（北京大学出版社，1994年）、王文宝著《中国俗文学发展史》（北京：燕山出版社，1997年），以及陈泳超著《中国民间文学研究的现代轨辙》（北京大学出版社，2005年）、谭帆著《中国俗文学发展史》（即将出版）等。此所谓"英雄所见略同"，都是希望借清理学术史，获得前进的方向、思路与动力。

　　可单是反省前人足迹，并不保证自家的表演一定精彩。探明

学科的发展方向，知道路该怎么走，还必须有艰苦卓绝的科学研究，方才可能做出令人满意的业绩。

记得几年前，我曾撰文谈论俗文学研究的"精神性"、"文学性"与"当代性"，现在看来，还得添上一兼及田野调查与书斋作业的"学术性"。而这，因众多训练有素的博士硕士逐渐走上教学及科研岗位，有可能得以实现。

一是学术坐标的确立，一是后备人才的养成，十年积聚，总算到了拉开大幕登台表演的时候了。于是，就有了这既是成果展示也是无言督促的《中国俗文学》。

本学刊由中国俗文学学会主办，作为学术园地，向国内外学界开放——所刊文章，可以宏论，也可以考证；可以指点江山，也可以默默耕耘；可以知识积累，也可以学术创新。

本学刊暂定年出一册，秋冬之际面世，厚薄则随缘。

2011 年 4 月 5 日于京西圆明园花园

（《中国俗文学》第一辑，陈平原主编，北京大学出版社，2011 年）

辑

二

"学者追忆丛书"总序

"追忆逝水年华"，此乃人之常情。从"子在川上曰，逝者如斯夫"，到"树犹如此，人何以堪"，古往今来，多少骚人墨客，为此临风洒泪。其实，不必借山川草木起兴，单是往事如烟，就足以让千古文人感慨叹息。"感慨"不足以尽兴，于是又有了许多落在纸上的"追忆"。

对往日风流的追忆，与其说是为了记住历史，不如说是为了展望未来。人们只能记住那些应该记住、或者说希望记住的——包括人和事。作为学者而被追忆，不只是一种历史定位，更意味着进入当代人的精神生活。因为，人们总是以当下的生存处境及需求为支点，借助于与历史对话来获得思想资源与工作方向。

选择对话者，其实已经内在地规定了对话的内容、倾向以及情调。选择康有为、蔡元培、章太炎、梁启超、王国维等作为追忆的对象，或者说邀请其参与当代中国的文化学术建设，基于如下几方面的考虑。

　　首先是基于这些学者自身所独具的魅力；这种魅力，既源于其学术成就，更来自其精神境界——这是较好地体现了古与今、中与西、学术与思想、求是与致用相结合的一代。具体分疏起来，几乎每个人都不可重复：学术思路有异，安身立命之处也不同。只是在近代中国的社会转型与学术转型中，这些人都曾饱领风骚、独开风气，因而成为时人及后人追忆的对象。

　　并非此前没有同样兼具学者与思想家风范的"大师"，之所以选择康、蔡、章、梁、王等作为追忆的对象，一是因其开创的学术思路及研究范式，对今日中国仍有影响；一是已经有大量追怀文章可供选择，而且其中颇多佳作。两汉隋唐或者宋元明清的大学者，去世后也有绝妙的传记、墓志或祭文出现；但限于体例，此类文章不易体现"真实的人生"。对于被追忆者，不苛求完美无缺，而希望真实可信，这基本上是现代人的思路。这种对"人"、对"文"的新的理解，使得"追忆"不再拘于一格，或庄重，或琐碎；或洒脱，或俏皮；或长篇大论，或三言两语。读单篇文章，感觉或许有点欠缺，因作者并不希望"盖棺论定"，而只是提供一个特定角度的观察。合起来可就不大一样了：正是这些亲切而零碎的描述，得以显示被追忆者生命历程及精神境界的不同侧面。

　　观察的角度不同，再加上立场有异，对同一事件的叙述与评价，可能天差地别。不做考证与整合，也不追求"方向感"或"一锤定音"，这种众声喧哗的状态，也许正是"追忆"的魅力所在。

有心人不难读出不同追忆间的"缝隙"——可能理解歧异，可能回忆失真，但也不排除存心造伪。对于聪明的读者来说，这些文本间的"缝隙"，无疑是意味无穷的。当然也有"众口一词"的时候，但距离的远近、角度的俯仰、趣味的高低，仍使得对同一事件的叙述异彩纷呈。

不讲"是非"，不断"真伪"，这种编辑思路，似乎过高估计了读者的接受能力；其实不然。为治思想史、学术史的专家提供背景材料，并非这套丛书的主要目的；更希望普通读者能一编在手，悠然会心，领略前辈风采，往日风流。倘若有由此而对学术研究及文化建设产生兴趣，甚至愿意投身其间的，则编者大喜过望。因此，选文时剔除了许多过分专业化的、需要特别知识准备才能阅读的"准论文"。有专业而不囿于专业，能文章而不只是文章，这便是本丛书选文的基本要求。

至于说史实的"是非"与"真伪"，落实到具体文本，并非总是黑白分明。俗话说，水至清则无鱼。一点破绽也没有、经得起专家考证的"追忆"，不能说没有，但因其处处设防，反而阻碍文气的流动。"准确"者未必"生动"，"生动"的又可能不"准确"。兼有史学价值与文学韵味的"追忆"，其实不太好找。只要不过分离奇荒诞，略带一点想象与夸张，想来读者也是宽宏大量的。

为了不至于"离题万里"，这里只选录师友、弟子及亲属的文章。关系的亲近，并不能保证其证词句句属实。只是不同于道听途说的"流言",关系亲近的人之制造"神话",本身便是一种值得关注的"事件"。其文,因而也就必选,也可读。

1995 年 6 月 16 日于京西蔚秀园

("学者追忆丛书",夏晓虹主编,1997 年 1 月由中国广播电视出版社推出;
序言以《追忆逝水年月》为题,刊 1996 年 3 月 30 日《文汇读书周报》)

"学者追忆丛书"三联增订版序

·

编一套既好用又有趣的"学者追忆"丛书,这一计划,虽是平日里聊天聊出来的,很难分清是谁"首倡";但很明显,此举得以落实,主要得力于夏晓虹。夏君的大学同窗沈楚瑾,那时正在中国广播电视出版社当编辑,每到报选题时,都会来找好友商议。听了我们的设想后,沈君不畏艰难,奋斗再三,终于使丛书得以面世。须知,十几年前,晚清及民国年间的学者,尚未成为学界及公众普遍关注的"话题"。因此,首先得感谢中国广播电视出版社领导及责任编辑沈楚瑾之"独具慧眼"。

五册书中,有两本是夏晓虹独自完成的(《追忆康有为》和《追忆梁启超》);至于我负责的三书——《追忆蔡元培》、《追忆章太

炎》、《追忆王国维》，则是与我指导的研究生郑勇、杜玲玲、王风合作。记得师兄钱理群对此举很感兴趣，除了认为书编得不错，还赞许三君因此在学业上大有长进。不过，说实话，《追忆章太炎》我介入较多，其余两本主要是学生用力，我只是帮助确立体例以及审定篇目。如今，三位各自学业有成的老学生，利用旧书重刊的机会，略做增订——说好只是"小修"，轻重缓急之间，希望拿捏得当。

这套丛书推出后，在学界一直口碑甚佳；而著名作家余秋雨的撰文推介（刊1997年11月19日《中华读书报》），更是大大的"利好"因素。无奈风气未成，加上出版社发行不力，书走得并不快。因此，"再接再厉"之类的大话，自然也就落空了。

转眼间，十年过去了。随着风气转移，这套书的内容以及编辑体例，还有背后蕴含的学术观念，逐渐为广大读者所接受。除了不断有人跑来找书，还不时有自告奋勇希望加盟者。如今，三联书店将此丛书增订重刊，并表示"有进一步拓展的空间"，对此，我们乐观其成。

以我的观察，近年谈论清末民初文人学者的书籍及影视，多有从"学者追忆丛书"获益的；作为编者，我们甚感欣慰。不过，隐约中，也有些许不安。原因是，不少引用者对这些资料过分当真，全盘接受；而且，不无将其娱乐化的倾向。在我看来，迷信黑白分明、脉络清晰的"正史"，趣味固然欠佳；过分推崇那些有点芜杂但生气淋漓的"野史"，也不是好办法。面对诸多有所发现也有所遮蔽的"追忆"，读者当保持通达的立场、审视的目光，以及必要的反省与质疑。

2008 年 8 月 30 日于京西圆明园花园

（"学者追忆丛书"，夏晓虹主编，北京：生活·读书·新知三联书店，2009 年。此丛书含《追忆康有为》、《追忆蔡元培》、《追忆章太炎》、《追忆梁启超》、《追忆王国维》五种）

"学术史丛书"总序

　　所谓学术史研究，说简单点，不外"辨章学术，考镜源流"。通过评判高下、辨别良莠、叙述师承、剖析潮流，让后学了解一代学术发展的脉络与走向，鼓励和引导其尽快进入某一学术传统，免去许多暗中摸索的工夫——此乃学术史的基本功用。至于压在纸背的"补偏救弊"、"推陈出新"等良苦用心，反倒不必刻意强调。因为，当你努力体贴、描述和评判某一学术进程时，已有意无意地凸显了自家的文化理想及学术追求。

　　其实，此举并非今人的独创。起码黄宗羲的《明儒学案》、江藩的《国朝汉学师承记》已着先鞭，更不要说梁启超、钱穆各自独立完成的《中国近三百年学术史》。至于国外，同类著述也并不少见，单以近年译成中文的为例，便有古奇的《十九世纪历史学与历史学家》、丹尼尔的《考古学一百五十年》、尼古拉耶夫等的《俄国文艺学史》、勒高夫等的《新史学》，以及柯文的《在中国发现历史》等。

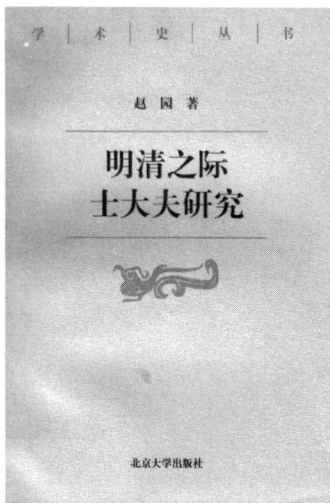

《明清之际士大夫研究》, 赵园,
北京大学出版社, 1999 年

　　即便如此，90 年代中国学人之热衷于谈论"学术史"，依然
大有深意。一如黄宗羲之谈"明儒"、梁启超之谈"清学"，今日
之大谈学术史，也是基于继往开来的自我定位。意识到学术嬗变
的契机，希望借"辨章学术，考镜源流"来获得方向感，并解决
自身的困惑，这一研究策略，使得首先进入视野的，必定是与之
血肉相连的"20 世纪中国学术"。

　　当初梁启超撰写《清代学术概论》，只是其拟想中的"中国
学术史"之第五种；今人之谈论"学术史"，自然也不会以"20
世纪"自限。本丛书不只要求打通古今，更希望兼及中外——当然，这指的是丛书范围，而不是著述体例。

无论是追溯学科之形成，分析理论框架之建构，还是评价具体的名家名著、学派体系，都无法脱离其所处时代的思想文化潮流。在这个意义上，学术史与思想史、文化史确实颇多牵连。不只是外部环境的共同制约，更有内在理路的相互交织。想象学术史研究可以关起门来，"就学问谈学问"，既不现实，也不可取。

正因如此，本丛书不问"家法"迥异、"门户"对立，也淡漠"学科"的边界与"方法"的分歧，只要是眼界开阔且论证严密的学术史以及思想史、文化史方面的著述，均可入选。也许，话应该倒过来说：欢迎有志于通过触摸历史、感受传统、反省学科进而重建中国学术的学人，加盟此项说大不大、说小不小的"文化工程"。

1998 年 8 月 4 日于边陲旅次

("学术史丛书"，陈平原主编，1995 年起由北京大学出版社推出)

"台湾学术丛书"总序

　　学术乃天下之公器，本不该为区区海峡所隔绝。可很长时间里，由于政治环境的制约，海峡两岸的人文社会科学研究，基本上分途发展，缺乏必要的理解与沟通。这种局面，目前已有很大改观。两岸学者的你来我往，已不再是可望而不可即。对各自的学术思路及发展路向，双方也都有相当的了解。由此而引发相互间的借鉴、补充乃至竞争，对学术的正常发展，均有益无害。

　　可惜的是，虽然大陆的学术著作早已纷纷登陆宝岛，台湾学人的研究成果，至今仍不大为大陆学界所熟悉。关键在于，与各种"台湾文学丛书"此起彼伏形成鲜明对照，大陆出版界明显冷落了台湾学人的创造性劳动。这就难怪，除了私人馈赠及大图书馆的少量收藏，大陆学界难得一见台湾同行的著述。

　　厚重的专业著述，固然不及轻灵的流行歌曲或散文小说读者面广，可更能体现一时代一区域文化人的社会关怀、历史意识以及哲学思考。完全撇开台湾几代学人的不懈努力，我们很难理解

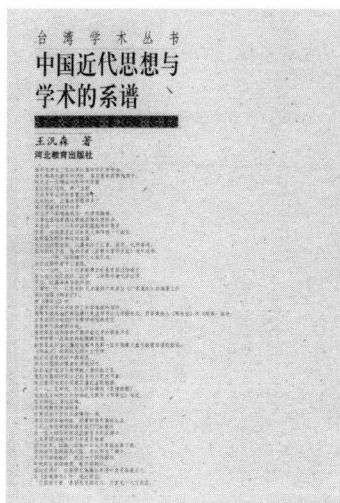

《中国近代思想与学术的系谱》，
王汎森，河北教育出版社，2001年

今日台湾的文化、思想、学术乃至政治与经济。

打破长期的隔阂，让台湾学者所创造的思想文化资源也能为大陆知识界所共享，非一朝一夕所能完成。本丛书希望积以跬步，先从目前活跃在台湾学界的中生代入手，逐渐推广扩大，使之成为展现五十年来台湾学术建设的窗口，也为日后的"辨章学术，考镜源流"提供方便。

本丛书的选目，希望兼及在台湾学界已经产生的影响与在大陆学界可能发挥的作用。至于研究方法和学术路数，则不问新旧中西。

囿于编者的眼界与出版社的能力，本丛书选目，暂以人文研究为限。

为了方便大陆读者，各书附录作者的问学经历及著述年表，以便有心人按图索骥。

1998 年 8 月 5 日于边陲旅次

（"台湾学术丛书"，陈平原主编，2000 年由河北教育出版社刊行。此丛书含王汎森《中国近代思想与学术的系谱》、梁其姿《施善与教化——明清的慈善组织》、张寿安《以礼代理——凌廷堪与清中叶儒学思想之转变》、李孝悌《清末的下层社会启蒙运动》、柯庆明《中国文学的美感》、龚鹏程《游的精神文化史论》六种）

"文学史研究丛书"总序

　　中国学界之选择"文学史"而不是"文苑传"或"诗文评"，作为文学研究的主要体式，明显得益于西学东渐大潮。从文学观念的转变、文类位置的偏移，到教育体制的改革与课程设置的更新，"文学史"逐渐成为中国人耳熟能详的知识体系。作为一种兼及教育与研究的著述形式，"文学史"在 20 世纪的中国，产量之高，传播之广，蔚为奇观。

　　从晚清学制改革到五四新文化运动展开，提倡新知与整理国故终于齐头并进，文学史研究也因而得到迅速发展。在此过程中，北大课堂曾走出不少名著；林传甲的《中国文学史》（1904）还只是首开纪录，接踵而来者更见精彩，如姚永朴的《文学研究法》、刘师培的《中国中古文学史》和《汉魏六朝专家文研究》、黄侃的《文心雕龙札记》、吴梅的《词余讲义》（后改为《曲学通论》）、鲁迅的《中国小说史略》、胡适的《五十年来中国之文学》和《白话文学史》、周作人的《欧洲文学史》和《中国新文学的源流》，以及俞平伯的《红楼梦辨》、游国恩的《楚辞概论》等。这些著作，思路不一，体式各异，却共同支撑起创立期的文学史大厦。

强调早年北大学人的贡献，并无"唯我独尊"的妄想，更不会将眼下这套丛书的作者局限在区区燕园；作为一种开放且持久的学术探求，本丛书希望容纳国内外学者各具特色的著述。就像北大学者有责任继续先贤遗志，不断冲击新的学术高度一样，北大出版社也有义务在文学史研究诸领域，为北大向世界一流大学迈进呐喊助阵。

在很长时间里，人们习惯于将"文学史研究"理解为配合课堂讲授而编撰教材（或教材式的"文学通史"），其实，"海阔凭鱼跃，天高任鸟飞"，此乃学者挥洒学识与才情的大好舞台，尽可不必画地为牢。上述草创期的文学史著，虽多与课堂讲授有关，也都各具面目，并无日后千人一腔的通病。

那是一个"开天辟地"的时代，固然也有其盲点与失误，但生气淋漓，至今令人神往。鲁迅撰《〈中国小说史略〉序言》，劈头就是："中国之小说自来无史"；后世学者恰如其分地添上一句："有之，自鲁迅先生始。"当初的处女地，如今已"人满为患"，可是否真的没有继续拓展的可能性？胡适撰《〈国学季刊〉发刊宣言》，以历史眼光、系统整理、比较研究作为整理国故的方法论，希望兼及材料的发现与理论的更新。今日中国学界，理论框架与研究方法，早就超越胡适的"三原则"，又焉知不能开辟出新天地？

当初鲁迅、胡适等新文化人"整理国故"时之所以慷慨激昂，乃意识到新的学术时代来临。今日中国，能否有此迹象，不敢过于自信，但"新世纪"的诱惑依然存在。单看近年学界之热心于总结百年学术兴衰，不难明白其抱负与期待。

在20世纪的最后一年推出这套丛书，与其说是为了总结过去，不如说是为了面向未来。在20世纪中国，相对于传统文论，"文学史"曾经代表着新的学术范式。面对即将来临的新世纪，文学史研究究竟该向何处去，如何洗心革面、奋发有为，值得认真反省。

反省之后呢？当然是必不可少的重建——我们期待着学界同人的积极参与。

1999 年 2 月 8 日于京北西三旗

（"文学史研究丛书"，陈平原主编，1999 年起由北京大学出版社推出）

"20 世纪中国人的精神生活丛书"总序

为刚刚逝去的"20 世纪"做总结，似乎是今日中国学界义不容辞的责任。对于崛起于艰难之际、致力于建立现代民族国家的中国人来说，20 世纪既灾难深重，又生机勃勃。时过境迁，不管是"灾难"还是"生机"，其蕴含的酸甜苦辣，都将成为后人咀嚼回味的不可或缺的"历史文化遗产"。

面对如此波澜壮阔的"大时代"，阅读者最好心存敬畏。不要说风和日丽，即便是斜阳余晖，也都值得论者认真鉴赏与品味。有感于此，本丛书不取大刀阔斧放言高论的姿态，而宁愿"弱水三千，只取一瓢饮"。似乎有必要提醒笃信"进化"的国人，略为调整视线，俯下身来，流连身边的风景。对于有心人来说，一枝一叶总关情，细微处，同样可以见精神。不妨借助一本本曾经激动过一个时代的书籍的重新阅读，触摸那很可能早就被历史的风沙抹平的精神印记，体会先辈们蹒跚的足迹。

相对于有形的政治、经济乃至学术、文化的成果，一代人的

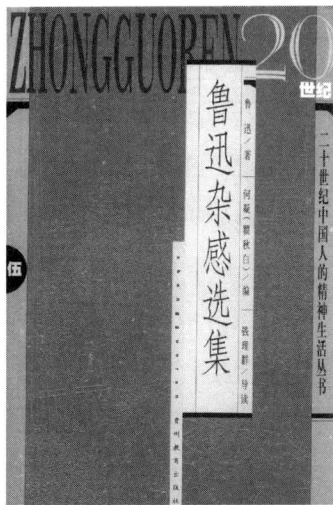

《鲁迅杂感选集》，鲁迅著、何凝编、
钱理群导读，贵州教育出版社，2001 年

精神遗传显得不太张扬，故很难被心境浮躁的后来者所感知。重
读"旧书"，我们不只可以了解曾经有过的知识、信仰、理想，乃
至具体而微的心境；更可以通过其在历史上的存在与遗失，理解
风光无限且变动不居的世界。

　　与一般意义上的遴选经典不同，本丛书关注的是几代中国人
的精神生活，故必然跨越具体的学科限制，且兼及著译与雅俗。
选书的标准，在于当时以及后世的影响力，而不问可否"藏诸名山，
传之后世"。随着时光的流逝，这种影响力可能迅速消失，也可能
与日俱增，更可能时起时伏。描述如此奇妙的"书的命运"，并给

予恰当而深入的解读，对于测量一个时代的思想深度与文化走向来说，也许是很好的入口处。

这里有政治家的宏愿、思想家的深思、学问家的博识、文学家的激情，以及普通人的常识与悲哀。不管是哪一类，希望均有值得述说的"接受的故事"。也就是说，书本身的魅力固然重要，可那留在历史上的"长长的影子"，同样令人怦然心动。

与书斋里的宏论不同，本丛书希望沟通专家学识与大众趣味，借"读书"回顾先辈的足迹，丰富当代人的精神感受与历史意识，故关键在于"同情之理解"，而不是判断与裁定。具体的工作策略是：将书籍本身的评介与"接受史"的叙述融为一体，并掺入个人的阅读体验。假如撰写导读的专家们之生花妙笔能勾起大众的阅读兴趣，使"旧书"介入"新世纪"中国人的精神生活，则功莫大焉。说到底，书，并非越新越好；人，也不一定越活越精神。这才有必要不时地回顾历史——包括阅读并未完全过时的好书。

理论上，只要是真正激动过一个时代的著作，都有可能进入我们重新阅读的视野。可在具体操作中，却因某种难以逾越的障碍，不能不略有回避。另外，虽然丛书的选目已经大致确定，但考虑到各位专家的写作进度，出版时无法完全依照原作的年代排列。这两点，敬请读者原谅。

本丛书作为北京大学20世纪中国文化研究中心主持的项目，

并不画地自牢，而是期待更多学界朋友与我们携手，借助"读书"，重新理解并阐释 20 世纪中国人并非贫瘠的精神生活。

1999 年 12 月 14 日于东京弥生寓所

（"20 世纪中国人的精神生活丛书"，陈平原主编，2000 年起由贵州教育

出版社推出，已刊十五种）

附录五：书的命运与人的精神
—— 答《中华读书报》记者问

"书，并非越新越好；人，也不一定越活越精神。"所以，重读那些激动过一个时代的好书，对于今天的读者来说，不仅可以丰富自己的精神生活，同时更可贴近历史、了解前辈人的心灵世界。最近，由北京大学 20 世纪中国文化研究中心主持编选的"20 世纪中国人的精神生活丛书"第一辑六册已由贵州教育出版社出版。这套由专家学者精心编选并撰写"导读"的丛书，无疑将为读者提供一个丰富心灵、走近历史的良机。

问：作为丛书的主编，首先请您谈谈编选这套"20世纪中国人的
　　精神生活丛书"的初衷和总体构想。

答：要说初衷，应该说是公私兼顾，既为大众，也为自己。先
　　说前者。近年中国出版业迅猛发展，新人新书不断涌现，
　　大众的阅读习惯也日趋时尚化。不读隔年书，更不要说十年、
　　五十年前的老古董了。四书五经有人吆喝，唐诗宋词也不
　　乏知音，反而是刚刚过去的一个世纪，因其"不古不今"，
　　很容易被正"高歌猛进"的国人遗忘。在我看来，传统文
　　化固然应该珍视，过去一百年的悲欢离合，同样值得我们
　　认真对待。这一"新传统"，既体现为诸多英雄壮举，也凝
　　结成无数书籍精华。我们想做的是，提醒国人，别忘记身
　　后还有许多饱经沧桑的图书，值得你用心体贴与品味。而且，
　　借助这些曾经感动过无数中国人的文字，更好地理解过去
　　的一个世纪，并与之保持持续的对话。当然，与新书推介
　　主要靠广告和新闻报道不同，旧书之浮出海面，有赖于专
　　家学者的鼎力推荐。

　　　我自己的学术兴趣，主要在20世纪中国的文学史、学
　　术史以及思想史研究，这些年之所以谢绝撰史的邀请，转而
　　编纂起图书来，是基于我对中国学界现状的反省。由于新闻
　　出版业的勇猛精进，再加上高校评职称等生存压力，近年中
　　国学界已难得再有"板凳要坐十年冷，文章不著一字空"了。

不说屡打不倒的"学术腐败",即便是匆促出手、大而化之、游谈无根等,也已令人深感不安。这年头,大道理谁都懂,无力"登高一呼",也开不出什么"治世良方",只能要求自己——以及同样热爱书籍的朋友——切切实实读书。宁愿从具体问题入手,认真思考,再一步步往上走。这方面的设想,化作两套丛书,一是偏重学术史研究的"20世纪中国学术文存"(湖北教育出版社),再就是着力思想文化分析的"20世纪中国人的精神生活丛书"(贵州教育出版社)。

选择过去百年的近百种图书,描述其来龙去脉,借以勾勒20世纪中国思想文化的变迁。先以推荐、整理旧书的形式面世,再将各书"导读"加以修订,最终撰成一部暂名为《20世纪中国人的精神生活》的大书。明眼人一看就明白,不说"思想史"或"文化史",而提相对笼统的"精神生活",这里有法国年鉴学派的影响。即意识到所谓的"思想史",不应局限于哲学观念,而应包含大众的生活、知识、心灵以及审美趣味等。

问:讲述"书的命运"和"接受的故事",这是一个十分有趣的、吸引人的思路,更重要的是,它使历史和书本身充满了情感和生命力,很令人感动。我认为,这个思路的起点大概是您在丛书总序中提出的从书籍"接受史"的角度入手"测量一个时代的思想深度与文化走向"的想法。是这样吗?为什么会选定这样一个切入口？

答：在大学里教书，深知近十年读者心理的变化。今日中国，为
　　大众开列"必读书目"，实在是不合时宜。有强大的考试制
　　度作后盾，大学里的"必读书目"都很难真正落实，更不
　　要说享有充分选书、读书自由的民众。对于充分掌握阅读
　　自主权的读者来说，首先是让他们感兴趣，而后才是分辨
　　是非与高低。以我的读书经验，关注作者、关注书中的人
　　物或论点，以及关注书籍的命运，三者合一，借以沟通古今，
　　与对象建立某种精神联系，此乃进入书中世界的必要前提。

　　　　至于为何提"接受史"，很大程度是我的个人兴趣。说
　　借一滴水观察整个世界，或许有点夸张；但影响深远的图
　　书，在接受过程中的放大、延伸、扭曲，无不折射出时代
　　的光与影。在思想史的背景下谈论具体的书籍，不只着眼
　　于产生，更追踪其流变。单就重要性而言，这一发酵与扩
　　散的过程，比起作品本身的内涵来，一点都不逊色。

问：这套丛书的特点非常鲜明，您在总序中说，"只要是真正激动
　　过一个时代的著作，都有可能进入我们'重新阅读'的视野"。
　　而您自己导读的那本《尝试集·尝试后集》，又正是以"经典
　　是怎样形成的"为题。请您谈谈您对"经典"的理解。

答：在我看来，所谓的"经典"（Canon），是在历史中建构起来
　　的，而并非"不言而喻"，更谈不上"毋庸置疑"。之所以

采取"接受史"的论述思路，正是为了呈现"经典"产生的过程。我说过："一部作品之成为'经典'，除了自身的资质，还需要历史机遇，需要时间淘洗，需要阐释者的高瞻远瞩，更需要广大读者的积极参与。"因此，我不想陷入具体作品是否属于"经典"的争论，而更愿意以史家的笔触，让读者明白，该作品是如何产生并一步步经典化的。所谓读者大众的"积极参与"，并非只是"被动接受"，也包括"主动创新"——在作品传播过程中，意义的释放、转移与添加，三者很难截然分开。

从为"经典"定性，转为描述"经典"是怎样产生的，这一思路，必定要求论者兼及作者与读者、个人与时代。在我看来，理解一个时代，才能真正理解一代人的阅读趣味；反过来，根据一个时代的阅读趣味，我们可以把握一个时代的文化精神与思想脉络。在那些被今人逐渐遗忘的"旧书"里，很可能隐藏着几代中国人的精神密码，实在不该轻易放过。阅读这些曾经激动过一个时代的文字，与一般意义上的"重读经典"不同，需要的不是顶礼膜拜，而是理性的审视与"了解之同情"。

阅读"旧书"，需要跨越因时光流逝造成的隔阂，这时候，确实需要专家的帮助。这也是我们将主要精力放在撰写导读文字上的原因。既要对一般读者负责，也希望对学界有所贡献，每本书都作为研究课题来经营，这不太容易。导读文章之所以不好写，因其要求作者不单对所论述的书籍有比较深入的研究，还要求其对 20 世纪中国思想文化进程有较好的把握，这样才能将此书的"生产与接受"置于开阔的时代背景下，并展开论述。不见得每文均设"接受"章，但《总序》中所说的"书本身的魅力固然重要，可那留在历史上的'长长的影子'，同样令人怦然心动"，却是本丛书成败的关键所在。

问：在第一批的六本书中，由您导读的就有三种，即《章太炎的白话文》、《尝试集·尝试后集》和《点石斋画报选》，这三本书看上去彼此关系不大。能否请您简要谈谈为什么先选定这三本书？

答：说好是尝试，因而三本书代表三种不同类型。有经典新解的，如《尝试集·尝试后集》，由于在资料方面有新的发现，恰好能让我们对于"经典是怎样形成的"有新的理解，故选择此书而不是同样影响极大的《胡适文存》。也有名人新解的，比如章太炎，不选《訄书》或《国故论衡》，而选《章太炎的白话文》，主要是探幽发微，希望为学界提供难得一见的新资料。至于《点石斋画报选》，是基于我对民众——而非精英——的社会生活及文化趣味的重视，另外，就是希望在书籍之外兼及杂志，在文字之外兼及图像。

问：最后问一个小问题：作为北京大学 20 世纪中国文化研究中心主持的项目，听说这套丛书要出一百种，而且显然是要"跨越具体的学科限制"，这无疑是一个浩大的工程，您估计需要多长时间才能完成这个项目？

答：开始想得太容易，以为多邀几位朋友，每年二十种，五年完成。可真做起来，发现没那么简单。可能是悬的太高的缘故，丛书进展很不顺利。两年前便已着手的首批二十种，今天正式出版的，也就这寥寥六种。不是出版社不用力，是我们的问题。不想草率从事，好些导读文章一改再改，迄今尚未定稿。好在出版社很体贴，只是再三表示他们"有信心，也有耐心"，反而弄得我精神负担很重。说好这六种属于尝试，先拿出来，听听意见，校定准星，定下规矩，同时也吸引同道，后面的事情可能就好办多了。

但即便如此，也很难指望迅速推广，大批收获。一般的出版社多希望整套丛书一次推出，而作为主持人，我更倾向于慢慢做，把有意思的选题做细、做好，用做学问的态度来出书。因产权、体制以及人事关系等，外加评奖的原因，当代中国的出版社，很少有从长计议，不计较一时一地之得失的。在我看来，学问需要积累，出版同样需要积累，过于急功近利，不是好事情。这方面，学者的趣味与出版社的利益，可以协调，但无法统一。好在贵州教育社的朋友很合作，即便催稿，也温文尔雅，不会让我很难堪。在未来的三四年里，这套丛书会有较大的进展，但不想立军令状，保证"非百种不可"。除精力所限，这里还存在政策界限以及版权转让等问题，非我辈书生所能"搞掂"。

（初刊 2001 年 11 月 21 日《中华读书报》）

"20世纪中国学术文存"总序

给20世纪中国学术做总结，此举曾被毫不犹豫地断为"狂妄"（因当初对此项工作感兴趣者，多非博学鸿儒）；没想到风云变幻，才几年时间，"学术史"竟成了时尚话题。于是，又有高人出面冷嘲热讽——都什么时代了，还在摆弄那些"老古董"。如此一波三折，宏图尚未真正展开，已被中国学界"消费"得差不多了。其实，学术史研究之回首往事，既倍感痛苦，又进展缓慢，吃力不讨好，难怪其"风声大，雨点小"。对于踌躇满志、正忙着"与国际接轨"的中国学界来说，最响亮的口号，依然是"拿来主义"。

日本学者竹内好在《鲁迅》一书中，对鲁迅"不退却，也不追随"的性格，有如下描述："他让自己与新时代论辩，由于'挣扎'而清洗自己，再把清洗后的自己从中脱出身来。"这种夹带着血与泪的"挣扎"，不同于世人之动辄"幡然悔悟"，因其有切肤之痛，步子可能迈得更坚实些。如果不避拉大旗做虎皮之讥，我愿意将此思路移用于今日之学术史研究。表面上属于退一步进两

《魏晋玄学研究》，汤一介、胡仲平编，
湖北教育出版社，2008 年

步的策略性选择，而我更看好的，却是其中的自我反省意识。外
行只见其指点江山，似乎痛快淋漓；身处其中者，则不无鲁迅"抉
心自食"的意味。所谓自省，既针对整个学界，更针对学者本人，
这也是我再三说的，对有志于治学术史的人来说，"过程"可能远
比"结果"重要。

以"文存"而不是"通史"的方式立说，有便利读者的考虑，
但更重要的，还是挑战目前中国学界普遍存在的"好大喜功"、"华
而不实"。话越说越多，书越写越厚，可见识却越来越少。与其写
一部屡经稀释的百八十万字的"通史"，不如老老实实，讲完自家

的点滴体会，引领读者进入某一已相当充盈的"学术角"。这里奉献的每册图书，均包含学术史性质的"导论"、群星闪烁的"文选"，以及相关论著的"索引"三部分。"导论"见史识，"索引"显功夫，"文选"部分则在对先贤表达敬意的同时，为后来者提供阅读及研究的方便。

"导论"的责任，主要不是表彰优秀论文，而是准确勾勒本专题在 20 世纪中国的兴衰起伏，因而，更像是一部采取特定视角的具体而微的学术史。如此定位，要求研究者不仅有历史感，更应具前瞻性。说到底，论者透视历史的深度，与其展望未来的能力成正比。学术史研究中必不可少的"问题意识"，决定了本丛书的工作目标：既须"史"的深厚，又兼有"论"的新锐。

至于选题的原则，暂时局限在"人文学"，尤其是其中的"中国研究"。所选专题，要求以往的研究成绩显著，思路清晰，而且至今仍能吸引学界的目光。落实到具体操作层面，选题最好是不大不小，不新不旧——太小学术容量有限，太大则无从把握；太旧不能吸引今人目光，太新则没有历史积累。

以"选本"带"综述"的形式，总结本世纪中国学术进程的某一侧面，乃本丛书的基本框架。这么一来，"导论"、"文选"、"索引"三者，呈鼎立之势，互相呼应，缺一不可。相对来说，前后二者定位明确，不会有太大的争议；反而是中间部分难以处理。在同一专题成千上万的论著中，选择最具代表性的寥寥数十则，实非易事；更何况，这些选文除本身的学术价值外，还必须能大略显示学问推进的轨迹。百年文章，本就迭有变迁，再加上选录范围涵盖大陆、台湾和港澳的原创之作，如此体式纷纭，若强求一律，必定伤筋动骨。故所收各文，只做文字校勘，不管注释体例等。

本丛书之兼及"史家眼光"与"选本文化"，要求编纂者将巨大的信息量、准确的历史描述，以及特立独行的学术判断，三者有机地融合在一起。这样的工作，虽不属如今大受推崇的"个人专著"，但借此勾勒出 20 世纪中国学术史的若干面影，并给后来者的入门提供绝大方便，在我看来，"功莫大焉"。

2001 年 11 月 17 日于京北西三旗

（"20 世纪中国学术文存"，陈平原主编，2002 年起由湖北教育出版社推出，

已刊十五种）

"曾经北大书系"总序

在前现代社会里，一个人的籍贯，不只代表着方音、饮食、习性等，更包含着文化趣味与学术倾向。而在教育日趋普及、人口流动性很强的当代中国，人们见面时，还会互相询问"你是哪里人"，可那基本上属于寒暄性质（偶尔也会有"老乡遇老乡"的欣喜，但再也不会"两眼泪汪汪"了），只适合于初次见面或把酒聊天。一旦进入知识领域，学者的籍贯或出生地都变得无足轻重，"乡亲"的观念自然也就十分淡薄。以至于过去史书所津津乐道的南北学风差异（还有浙东浙西各具自家面目、岭南岭东不便同列并举等更为详细的分析），不能说毫无道理，但起码显得不太重要。

取而代之的，是每个人特殊的教育背景。对于当代中国人来说，在哪里念书，远比在哪里出生重要得多。这里强调的，不是日后就业的概率、升迁的速度，而是校园生活作为精神纽带，对于走上工作岗位者，依旧起决定性作用。

我在不少地方说过类似的话——到目前为止，北京大学不是

■ 郑 勇 著

曾经北大书系

书

书生襟抱

从来江山似佳人

我看见墙上我的影子

世间已无黄仁宇

哪一处伤口在痛

子女儿与武侠小说

书房一角的独语

新世界出版社

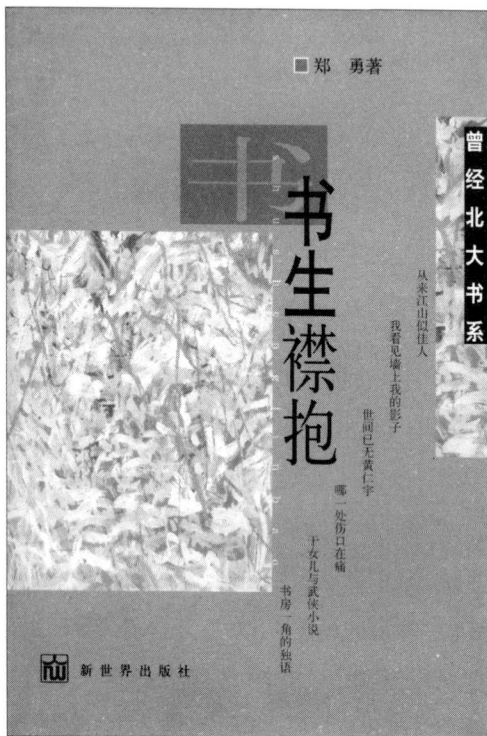

《书生襟抱》，郑勇，
新世界出版社，
2001年

世界一流大学，但北大是一所个性鲜明的大学。有人说，北大学生忧国忧民，也有人说北大学生野心勃勃，还有人说北大学生特立独行、北大学生眼高手低、北大学生……不管你怎么评价，大部分论者都承认，北大学生身上，有一种特殊的气质。

这种与众不同的"气质"，有人激赏，也有人不以为然，更有好心人不时提醒：为避免不必要的摩擦和牺牲，最好能守中庸（中行）。就具体言论和举止而言，确实没必要故作惊人之论或骇世之举。但忠实于自家的学术／艺术感觉，不想因利益考虑而过分委屈自己，这种理想主义情怀，即便在现实生活中很不讨好，我以为还是值得保留。有个性但不张扬，守规则而能发挥，这种境界，只能说是心向往之。

对于很多北大人来说，"曾经北大"是一件永远值得纪念的事。不管是惊鸿一瞥，还是终身厮守，其感觉都将刻骨铭心。不是说北大没毛病——北大人评说起自己的母校来，其严苛与刁蛮，有时远比局外人更甚。可我们也知道，工作效率不高、时有浮躁之举的北大，自有其别处难以企及的优势。起码老校长蔡元培先生所提倡的"循思想自由原则，取兼容并包主义"，历经几十年风雨，依旧是今日北大校园里最具凝聚力的口号。单凭这一点，我们就敢斗胆套用两句名言：一是唐人元稹的"曾经沧海难为水"，一是《红灯记》里李玉和的"有您这碗酒垫底"。

邀请众多"曾经北大"的新老学生欢聚一堂，或吟诗作赋，或衡史论文，基于一个简单而执著的信念：作为北大人，有责任守住蔡先生所提倡的老北大的精神传统。也正因此，本丛书只求作者临文以敬，待人以诚，而不强求体裁、主旨、风格的整齐划一。

2001 年 7 月 25 日于京北西三旗

（"曾经北大书系"，陈平原主编，北京：新世界出版社，2001 年起刊行）

"学术叙录丛刊"缘起

　　作为后学，为已经离开教学岗位的师长编一本小册子，纪念其长达几十年的教学生涯，乃人之常情。更何况，此举还可以为学术史留下若干耐人寻味的片段、线索与细节。困难在于，第一，必须找到恰如其分的表达方式，体例不偏不倚，叙述不疏不密，语调不卑不亢，距离不远不近；第二，必须说服师长，给予必要的授权并提供若干"内部资料"。后者的难度，一点也不亚于前者，好在我的"说辞"非常有力——师长们的学行与业绩，非后学所能妄加评议；这里只是搜集爬梳相关资料，给师长本人，也给后学保存一点温馨的记忆。如此而已，岂有他哉！

　　作为依然健在且仍在写作的学者，离开教学岗位后，还会有精彩的表现。这一点，无论师长本人，还是我辈后学，全都坚信不疑。对于许多术业有专攻的人文学者来说，"退休"有利于排除俗务，专心著述，乃是第二个学术青春的起点。此时叙录其学行，并非拒绝关于未来的想象，而是仿照鲁迅的《〈坟〉题记》："一

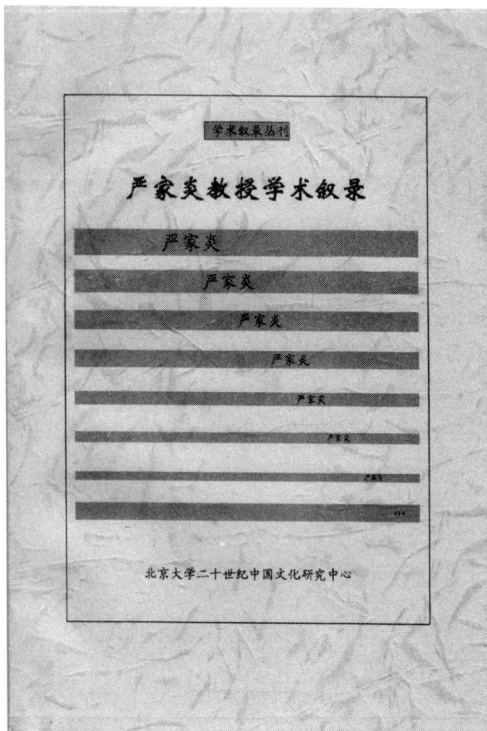

《严家炎教授学术叙录》，
2002年

面是埋藏，一面也是留恋。"

不同于政治家、军事家或娱乐明星生活之充满戏剧性，学者的活动，一般以相对平静的校园及书斋为中心，小册子自然也就将笔墨主要集中在其教学与著述。至于压在纸背的"学者的人间情怀"，则希望通过若干自述或书评体现出来。此类带温情、想象及褒贬色彩的文字，入选多少，取决于师长们的性格及志趣，本丛刊不做硬性规定。

本丛刊由北京大学 20 世纪中国文化研究中心组织编印，内部流通。如需转载，请与本中心及编者联系。

2002 年 7 月 9 日于北大五院

（"学术叙录丛刊"，陈平原主编，北京大学 20 世纪中国文化研究中心刊印；自 2002 年 8 月至 2006 年 3 月，先后推出了《严家炎教授学术叙录》、《谢冕教授学术叙录》、《乐黛云教授学术叙录》、《孙玉石教授学术叙录》、《洪子诚教授学术叙录》、《钱理群教授学术叙录》六种）

"尝试论丛"总序

自 1903 年《奏定大学堂章程》规定，在"中国文学门"里设立"西国文学史"课程，讲授"历代文章源流"时需仿照日本的《中国文学史》而自行编纂教材，百余年来，中国人的"文学史书写"，已然蔚为大观。

作为学科的文学史，与一时代的意识形态建构、文化思潮演进、审美趣味嬗变等，有极为密切的关联，同时牵涉的，还有课程设置、学术眼光以及著述体例等。除此之外，也不该忽略文学史书写的内在理路，其中一个关键点，便是所谓的"大文学史"与"纯文学史"之争。这一争论，从"篇幅"迅速滑向"眼光"与"思路"。换句话说，谈论文学史书写策略，"大"的对立面不是"小"，而是"纯"。

最初撰写文学史的学者，不见得都认同章太炎"文学者，以有文字著于竹帛，故谓文；论其法式，谓之文学"的论断（《文学总略》），但对"文学"的理解大都相当宽泛，其著述中往往涉及文字、音韵、训诂、金石等，把群经、诸子、史书、佛道等全都纳入考察的视野。如此"大而无当"的文学史书写，五四新文化运动后，受到越来越多的指责。

从晚清到"五四"，中国人"文学"概念的日渐明晰，是以欧美"文学概论"的输入为契机的。以那个时代如日中天的"西方标准"来衡量，绝大部分中国诗文，都显得很不纯粹，或夹杂教化意味，或追求文以载道，只能称之为"杂文学"。正是在清除"中国文章"中诸多"非文学"成分的过程中，中国学者建构起以诗歌、小说、戏剧为主体，兼及部分散文的"文学"概念，并据此撰写各种类型的中国文学史。像刘经庵那样，断然将"散文"摈弃于文学史之外的（参见《中国纯文学史纲·例言》），不是很普遍；但从"大文学史"逐渐走向"纯文学史"，却是大势所趋。

这里所说的从"大"到"纯"，只是基本走向，并不具体落实为谢无量的《中国大文学史》和刘经庵的《中国纯文学史》。谈及学人的新旧，时人多据此褒贬抑扬，我则倾向于视为知识类型的差异。"新的"不一定好，"旧的"不一定差；文学创作如此，文学研究也不例外。20世纪的中国学者，长期受进化论思想影响，对与自己知识类型不同的先贤评价过于苛刻。就以文学史书写而言，原先略显驳杂的"文学"概念，如今变得清晰可辨，这固然是一大进展；可水至清则无鱼，文学与政治、思想、学术、教育等本就存在的联系被人为割断，又是一大遗憾。这个时候，人们

《文学语言与文章体式——从晚清到
"五四"》，夏晓虹、王风等著，安
徽教育出版社，2006 年

又开始怀念那"天地玄黄宇宙洪荒"的朦胧状态以及其蕴涵着的想象力与创造力。

大而言之，文学史的书写，"五四"以前的太"大"，"五四"以后的太"纯"。最近二十年，中国学界对文学史的写作有不少反省，其中包括以西方文论诠释中国文学进程所可能产生的弊病（谈小说，勉强说得过去；谈散文，则多削足适履），还有"五四"新文化人建立起来的"纯文学史"写作模式所可能导致的陷阱等。撰写中国文学史，不说"神游冥想，与立说之古人，处于同一境界"，起码也"应具了解之同情，方可下笔"（陈寅恪《冯友兰〈中国哲学史〉上册审查报告》)。尊重古人的文学观念，而不是直接套用西方术语，这点学界已逐渐达成共识；只是具体操作中，如何体贴古人的文学趣味，避免隔靴搔痒；如何开拓视野，理解文体背后的意识形态因素；还有，如何借鉴文化史、教育史、社会史、比较文学、妇女研究的研究成果，所有这些，都有待深入探索。

今日之重谈"大文学史"，主要考虑的是论述视野，而不是著作规模。与时贤普遍推崇专著相反，我更看好专题论文集。这一选择，基于以下考虑：抓住关键，深入开掘，小题大作，千里走单骑，挑战此前占主导地位的教科书型文学史。十几年前，我曾专门撰文，分辨研究型、普及型、教科书三类文学史，并批评作为教科书的文学史的垄断地位(参见拙文《独上高楼》，刊《读书》1992年第11期)。很可惜，后者的面面俱到、四平八稳、蜻蜓点水、老生常谈，如今已成了文学史书写的常态。已经面世的文学史，是否真的有一千六百种；文学史的刊行，到底是多好还是少好，这些其实无关紧要。关键在于，现有的文学史书写，大都是因应各种教学需要、项目评审乃至经济利益而产生，故陈陈相因，缺乏独特的个性，更不要说"通古今之变，成一家之言"了。

不求完美，但求有新意，这一研究思路，决定了本丛书的选题更多地体现作者的眼光与趣味，力图突进所谓的"学术前沿"。至于以专题论文集的形式，来实践"大文学史"书写的设想，能否成功，实在很难说；也正因此，需要大胆的尝试。

　　说到"尝试"，很容易联想起新诗开山祖胡适的诗句："'尝试成功自古无'，放翁这话未必是。我今为下一转语：自古成功在尝试！"（《尝试篇》）如此豪情，如此志气，欣赏之余，偶尔也想追摹一二。由"尝试"说到《尝试集》，由诗人胡适想到其家乡安徽，当我偶然跟曾出版《胡适全集》的安徽教育出版社的朋友说起自己的设想时，双方竟一拍即合。于是，便有了这套不拘一格、众声喧哗、具备多种可能性的文学史研究丛书。

2005 年 7 月 7 日于京西圆明园花园

（"尝试论丛"，陈平原主编，2006 年 1 月起陆续由安徽教育出版社刊行；

序言初刊《博览群书》2005 年第 9 期）

"现代学者演说现场"丛书总序

按使用的功能，晚清以降的"演说"，大致可分为两类：一是政治宣传与社会动员，二是文化传播与学术普及。前一类声名显赫，后一类影响深远；与学界同行的思路不太一样，我更关注后一种演说，因其与现代中国学术及文章的变革性命攸关。至于与"演说"三足鼎立的现代教育制度的正式确立以及报章书局的大量涌现，使得学者们很少只是"笔耕不辍"，其"口说"多少都在媒体或文集中留下了痕迹。介于专业著述与日常谈话之间的"演说"，成了我们理解那个时代学人的生活与学问的最佳途径。于是，我决定选择章太炎、梁启超等十几位著名学者作为研究对象，探讨"演说"如何影响其思维、行动与表达。演讲者"说什么"固然重要，可我更关注其"怎样说"——包括演说的姿态、现场的氛围、听众的反应、传播的途径，还有日后的"无尽遐思"等。换句话说，我希望兼及"演说"的"内容"与"形式"。

作为"传播文明三利器"之一的"演说"，与近现代中国思想文化进程关系密切，这点我很早就意识到，只是一直犹豫不决，到底该从新式学堂的演讲课程入手，还是专注于某些著名学者的学问人生，抑或着重考察其与文体变迁的关系。1999 年春，为纪念五四运动八十周年，我构思了《"雄辩会"与"讲演团"——兼及"五四"青年的文化姿态与思维方式》一文，可惜半途而废，只留下"五彩缤纷"的论文提要和一地散钱。而从谈论章太炎避难东京时如何将那些压在纸背的政治欲望，在"讲学"中借助各种穿插，表达得淋漓尽致 [1]，到描述国学大师章太炎、梁启超以及新文化主将胡适、周作人，基于各自不同的文化理想，怎样分别在上海、南京、天津和北京登坛说法，讲授各自所擅长的专深学问 [2]；再到辨析鲁迅和胡适各自的述学文体与演讲活动的关系 [3]，以及综合考察性质的《有声的中国——"演说"与近代中国文章变革》[4]，我主要探讨的是：晚清以降，述学之文同样面临自我更新的

---

[1] 参见《学问该如何表述——以〈章太炎的白话文〉为中心》，《章太炎的白话文》（贵州教育出版社，2001）1—52 页；此文修改后，成为拙著《触摸历史与进入五四》（北京大学出版社，2005）第四章。

[2] 参见《学术讲演与白话文学——1922 年的"风景"》，此文摘要刊 2002 年 5 月 31 日《文汇读书周报》，全文刊《现代中国》第三辑（湖北教育出版社，2003），并收入拙著《中国大学十讲》（复旦大学出版社，2002）。

[3] 参见《分裂的趣味与抵抗的立场——鲁迅的述学文体及其接受》，《文学评论》2005 年第 5 期；《胡适的述学文体》，《学术月刊》2002 年第 7、8 期。

[4] 本文曾于 2005 年 4 月 28 日在东京大学和北京大学联合主办的"亚洲视野中的中国学"、2006 年 1 月 20 日在韩国成均馆大学举行的"东亚近代言语秩序的形成与再编"国际学术研讨会上宣读。

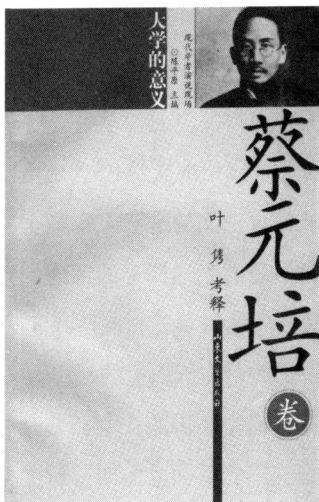

《大学的意义：蔡元培卷》，陈平原、
叶隽编，山东文艺出版社，2006年

使命，实现这一使命的，主要通过两个途径，一是严复、梁启超、王国维等新学之士所积极从事的输入新术语、新语法乃至新的文章体式，借以丰富汉语的表达能力（这一努力，符合百年中国"现代化进程"的大趋势，一直受到学界的重视），一是章太炎、蔡元培以及鲁迅、胡适等，面对新的读者趣味和时代要求，在系统讲授中国文化的过程中，提升了现代书面语的学术含量，为日后"白话"成为有效的述学工具，做出了独特的贡献。

回过头来，反省学界对五四白话文运动的论述，有几点必须修正：第一，《新青年》同人在提倡白话文时，确实多以明清章回小说为标本，日后讲授"国语文学"，也都追溯到《水浒传》等；可所有这些"溯源"，都指向"文艺文"（或曰"美文"），而不是同样值得关注的"学术文"。第二，白话文运动成功的标志，不仅仅是"国语的文学，文学的国语"[1]；述学文章之采用白话，尤其是长篇议论文的进步，也是至关重要的一环——白话能写"美文"，白话还能表达深邃的学理，只有到了这一步，白话文的成功方才无懈可击。第三，晚清兴起、"五四"后蔚为大观的演说热潮，以及那些落在纸面上的"声音"，包括演讲的底稿、记录稿、整理稿，以及模拟演讲的文章，其对白话文运动和文章体式改进的积极影响，不容低估。第四，章太炎等人的讲学，与宋明大儒之"坐而论道"不同，基本上是在"哲学"、"文学"这样的学科意识中展开，每讲包含若干专门知识的传授，而后才是穿插其中的社会批评或思想启蒙。第五，在表情达意方面，文言自有其长处，但绝对不适合于记录现场感很强的"演说"；学者之公开讲演并刊行讲稿，不管是赞成还是反对白话诗文，都是在用自己的学识与智慧，来协助完善白话的表达功能，换句话说，都是在"赞助白话文学"。第六，创造"有雅致的俗语文"，固然"以口语为基本，再加上欧化语、古文、方言等分子，杂糅调和"[2]；可这个"口语"，不限

---

[1] 参见胡适《建设的文学革命论（国语的文学——文学的国语）》，《新青年》4
卷 4 号，1918 年 4 月。

[2] 参见周作人《〈燕知草〉跋》，《永日集》，上海：北新书局，1929 年。

于日常生活语言，还应包括近乎"口头文章"的"演说"。

以上简要的叙述，大致涵盖我关于"演说"与近现代中国思想及文章变革所做的探索。区区论说，不如意处仍多多。恰好，我的几位学生对此话题也有浓厚的兴趣，于是组织他们，选择各自熟悉且欣赏的对象，做进一步的深入探索。

之所以选择蔡元培（1868—1940）、章太炎（1869—1936）、梁启超（1873—1929）、鲁迅（1881—1936）、胡适（1891—1962）、陶行知（1891—1946）、朱自清（1898—1948）、闻一多（1899—1946）八位作为考察对象，首先基于其在现代中国思想文化史上的重要地位。或文化名人，或学界领袖，此八人全都身负重任，一言九鼎。"演说"作为一种社会行为，对演说者的社会地位及学术声誉有很高的要求。同样一句话，不同身份的人说出来，效果就是不一样。听众之所以动不动"大拍掌"，很大程度基于对演说者的崇敬以及"前理解"。除了个人魅力，论题的选择同样十分重要。上述诸君演说的重点在思想文化，而不是政治动员。如蔡元培之谈论大学意义，章太炎之主张以史救弊，还有陶行知之演讲生活教育之路，以及朱自清的解说诗文意蕴等，时至今日，仍有其独特魅力。

其次，还得考虑演说者的口头表达能力。有经验的读者都明白，"口若悬河"与"梦笔生花"不是一回事，适合于讲演的，不见得适合于阅读。一场主宾皆大欢喜的讲演，抽离特定时空，很可能不知所云。相反，一篇精彩的专业论文或小说散文，即便由高明的演员朗读，也不见得能吸引广大听众。讲演者的姿态以及讲演时的技巧，同样影响到演说的成败。不同于专业著述的条分缕析，讲演必须突出大思路，而且讲求幽默，语出惊人，这样，方才能让现场的听众不断地"拍掌"、"大拍掌"。而这，并非自然而然达成的，很可能是现代学校训练的结果。闻一多在清华、朱自清在北大、陶行知在金陵大学，都曾受过专门的演说训练。当然，最著名的还属胡适的故事——1912年夏天，胡适在康奈尔大学选修"一门极有趣的课程"，那就是训练演讲，此后，"这一兴趣对我真是历四五十年而不衰"[1]。并非每个人都像胡适那样，对演说保持持之以恒的兴趣。比如，闻一多就曾对清华的演说课程提出过批评，可最后时刻挥洒自如的绝佳表现，其实得益于其早年训练。至于鲁迅称"我曾经能讲书，却不善于讲演"[2]，那是作者过谦之词；据许多听众回忆，鲁迅演说时思路之奇崛、语言之幽默，让人叹为观止。能演说，有深度，论题重要，且讲稿保留下来，这样"四美兼具"的大好事，并非俯拾皆是。

再次，"演说"与"文章"之间，有着千丝万缕的关系。

---

[1] 唐德刚译《胡适口述自传》第58页，北京：华文出版社，1992年。

[2] 鲁迅《〈集外集〉序言》，《鲁迅全集》第7卷第5页，北京：人民文学出版社，1981年。

学问须冷隽，杂文要激烈，撰史讲体贴，演讲多发挥——所
有这些，决定了章太炎、梁启超、鲁迅、胡适等人的撰述，
虽有"大体"，却无"定体"，往往随局势、论题、媒介以及
读者而略有变迁。但另一方面，演说与演说者的人格、趣味
以及文章体式，又是密切相关的。闻一多与朱自清性格不同，
在演讲中得到充分的体现：一春风化雨，一雷霆万钧；西南
联大师生回忆这两人的讲课、演说以及生活逸事时，三者之
间往往能够互相印证。至于胡适与鲁迅，演说一如其文章，
或文化立场坚定，高等常识丰富，清朗而畅达；或自我质疑，
迂回前进，千里走单骑。当然，这两种风格迥异的演说与文
章，各有其不可替代的价值。

最后，该说到本丛书的最大愿望，那就是：在某些程度上复
原那已经一去不复返的"演说现场"。严格说来，所有的演讲记录
稿，都很难准确传达演说者的真实意图。章太炎晚年主编《制言》
时，曾"屡戒少登演讲记录"；而弟子沈延国更是将传世的章氏讲
演记录分为五类，称只有那些师"自撰讲稿"或弟子记录后"由
师审正"者，方能作为研究章太炎思想的可靠资料来引用[1]。至于
鲁迅，更是清醒地意识到此中陷阱。查有记载的鲁迅演讲达五十

---

[1] 参见沈延国《章太炎先生在苏州》，陈平原等编《追忆章太炎》第392—394页，
  北京：中国广播电视出版社，1997年。

多次，可收入《鲁迅全集》的只有十六篇，不全是遗失，许多是作者自愿放弃——或因记录稿不够真切[1]，或因与相关文章重复[2]。若只是孤零零的文本，那些偶然留传下来的"演说"，自然是不尽如人意。因为，专著能够深入，教科书讲究条理，文章可以反复琢磨，演讲则追求现场效果。单纯的演说，确实不及专著或文章精深；但如果添上相关史料的考辨，使"演说现场"在某种程度上得以复原，那意义可就非同一般了。

单是阅读记录稿，你很可能觉得，绝大多数演说都是"卑之无甚高论"。只有在现场，演说才能充分展现其不同于书斋著述的独特魅力。不单论题的提出蕴涵着诡谲莫测的时代风云，现场的氛围以及听众的思绪，同样制约着演说的发展方向。在这个意义上，理解"演说"的魅力，必须努力回到"现场"。本丛书的操作，与一般意义上的"考辨"略有不同，我们不仅需要了解某一次演讲的时间、地点、听众、论题，更希望借钩稽前世今生、渲染现场氛围、追踪来龙去脉，还原特定的历史语境。这样，才有可能

---

[1] 在《〈集外集〉序言》中，鲁迅称："只有几篇讲演，是现在故意删去的。我曾经能讲书，却不善于讲演，这已经是大可不必保存的了。而记录的人，或者为了方音的不同，听不很懂，于是漏落，错误；或者为了意见的不同，取舍因而不确，我以为要紧的，他并不记录，遇到空话，却详详细细记了一大通；有些则简直好像是恶意的捏造，意思和我所说的正是相反的。凡这些，我只好当作记录者自己的创作，都将它由我这里删掉。"（《鲁迅全集》第7卷第5页）

[2] 参见朱金顺《鲁迅演讲资料钩沉》，长沙：湖南人民出版社，1980年；马蹄疾《鲁迅讲演考》，哈尔滨：黑龙江人民出版社，1981年。

让那些早已消失在历史深处的"演说"，重新焕发生机，甚至介入当代人的精神生活。

当然，这只是我们的一厢情愿；能在多大程度上实现，只能留待读者评判了。

2006 年 4 月 4 日于京西圆明园花园

（"现代学者演说现场"丛书，陈平原主编，2006 年 7 月由山东文艺出版社出版。此丛书包含蔡元培卷、章太炎卷、梁启超卷、陶行知卷、朱自清卷、闻一多卷六册；原计划中的鲁迅、胡适两卷取消，因坊间已有类似书籍刊行）

"都市想象与文化记忆丛书"总序

美国学者 Richard Lehan 在其所著《文学中的城市》（*The City in Literature*, University of California Press, 1998）中，将"文学想象"作为"城市演进"利弊得失之"编年史"来阅读；在他看来，城市建设和文学文本之间，有着不可分割的联系。"因而，阅读城市也就成了另一种方式的文本阅读。这种阅读还关系到理智的以及文化的历史：它既丰富了城市本身，也丰富了城市被文学想象所描述的方式。"（289 页）在某种程度上，我们所极力理解并欣然接受的"北京"、"上海"或"长安"，同样也是城市历史与文学想象的混合物。

讨论都市人口增长的曲线，或者供水及排污系统的设计，非我辈所长与所愿；我们的兴趣是，在拥挤的人群中漫步，观察这座城市及其所代表的意识形态，在平淡的日常生活中保留想象与质疑的权利。偶尔有空，则品鉴历史，收藏记忆，发掘传统，体验精神，甚至做梦、写诗。关注的不是区域文化，而是都市生活；

《士林交游与风气变迁——19 世纪宣南的
文人群体研究》，魏泉，北京大学出版社，
2008 年

不是纯粹的史地或经济，而是城与人的关系。虽有文明史建构或
文学史叙述的野心，但更希望像波特莱尔观察巴黎、狄更斯描写
伦敦那样，理解北京、上海、长安等都市的七情六欲、喜怒哀乐。
如此兼及"历史"与"文学"，当然是我辈学人的学科背景决定的。

　　谈论"都市想象与文化记忆"，必须兼及建筑、历史、世相、
风物、作家、作品等，在政治史、文化史与文学史的多重视野中
展开论述。若汉唐长安，汉魏洛阳，六朝金陵，北宋开封，南宋
临安，明清的苏州与扬州，晚清的广州与上海，近现代的天津、
香港和台北，以及八百年古都北京，还有抗战中的重庆与昆明等，

都值得研究者认真关注。如此"关注",自然不会局限于传统的"风物记载"与"掌故之学"。对城市形态、历史、精神的把握,需要跨学科的视野以及坚实的学术训练;因此,希望综合学者的严谨、文人的温情以及旅行者好奇的目光,关注、体贴、描述、发掘自己感兴趣的"这一个"城市。

关于都市的论述,完全可以而且必须有多种角度与方法。就像所有的回忆,永远是不完整的,既可能无限接近目标,也可能渐行渐远——正是在这遗忘(误解)与记忆(再创造)的巨大张力中,人类精神得以不断向前延伸。总有忘不掉的,也总有记不起的,"为了忘却的记念",使得我们不断谈论这座城市、这段历史。在这个意义上,记忆不仅仅是工具,也不仅仅是过程,它本身也可以成为舞台,甚至构成一种创造历史的力量。

既然我们对于城市的"记忆",可能凭借文字、图像、声音,乃至各种实物形态,今人之谈论"都市想象",尽可八仙过海,各显神通。无言的建筑、遥远的记忆、严谨的实录、夸饰的漫画、怪诞的传说、歧义的诠释……所有这些,都值得我们珍惜,并努力去寻幽探微深入辨析。相对于诗人的感伤、客子的怀旧或者斗士的抗争,学院派对于曾流光溢彩的"都市生活"的描述与阐释,细针密缝,冷静而客观,或许不太热闹,也不太好看,但却是我们进入历史乃至畅想未来的重要通道,必须给予足够的理解与欣赏。

本丛书充分尊重研究者的眼光、趣味与学术个性，可以是正宗的"城市研究"，也可以是"文学中的城市"；可以兼及古今，也可以比较中外；可以专注某一城市，也可以是城城联姻或城乡对峙；可以阐释建筑与景观，也可以是舆论环境或文学生产；可以侧重史学，也可以是艺术或文化。一句话，只要是对于"都市"的精彩解读，不讲家法，无论流派，我们全都"虚位以待"。

2008 年 7 月 22 日于香港中文大学客舍

（陈平原主编"都市想象与文化记忆"丛书，北京大学出版社，2009 年 3 月起陆续刊行）

"三联人文书系"总序

老北大有门课程，专教"学术文"。在设计者心目中，同属文章，可以是天马行空的"文艺文"，也可以是步步为营的"学术文"，各有其规矩，也各有其韵味。所有的"满腹经纶"，一旦落在纸上，就可能或已经是"另一种文章"了。记得章学诚说过："夫史所载者，事也；事必藉文而传，故良史莫不工文。"我略加发挥：不仅"良史"，所有治人文学的，大概都应该工于文。

我想象中的人文学，必须是学问中有"人"——喜怒哀乐，感慨情怀，以及特定时刻的个人心境等，都制约着我们对课题的选择以及研究的推进；另外，学问中还要有"文"——起码是努力超越世人所理解的"学问"与"文章"之间的巨大鸿沟。胡适曾提及清人崔述读书从韩柳文入手，最后成为一代学者；而历史学家钱穆，早年也花了很大工夫学习韩愈文章。有此"童子功"的学者，对历史资料的解读会别有会心，更不要说对自己文章的刻意经营了。当然，学问千差万别，文章更是无一定之规，今人

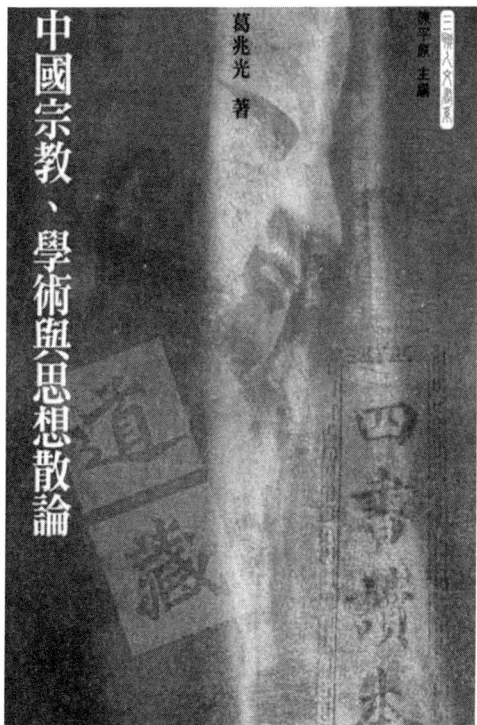

中國宗教、學術與思想散論

葛兆光 著

《中国宗教、学术与思想
散论》，葛兆光，香港：
三联书店，2008 年

著述，尽可别立新宗，不见得非追韩摹柳不可。

钱穆曾提醒学生余英时："鄙意论学文字极宜着意修饰。"我相信，此乃老一辈学者的共同追求。不仅思虑"说什么"，还在斟酌"怎么说"，故其著书立说，"学问"之外，还有"文章"。当然，这里所说的"文章"，并非满纸"落霞秋水"，而是追求布局合理、笔墨简洁、论证严密；行有余力，方才不动声色地来点"高难度动作表演"。

与当今中国学界之极力推崇"专著"不同，我欣赏精彩的单篇论文；就连自家买书，也都更看好篇幅不大的专题文集，而不是叠床架屋的高头讲章。前年撰一《怀念"小书"》的短文，提及"现在的学术书，之所以越写越厚，有的是专业论述的需要，但很大一部分是因为缺乏必要的剪裁，以众多陈陈相因的史料或套语来充数"。外行人以为，书写得那么厚，必定是下了很大工夫。其实，有时并非工夫深，而是不够自信，不敢单刀赴会，什么都来一点，以示全面；如此不分青红皂白，眉毛胡子一把抓，才把书弄得那么臃肿。只是风气已然形成，身为专家学者，没有四五十万字，似乎不好意思出手了。

类似的抱怨，我在好多场合及文章中提及，也招来一些掌声或讥讽。那天港岛聚会，跟香港三联书店总编辑陈翠玲偶然谈起，没想到她当场拍板，要求我"坐而言，起而行"，替他们主编一套"小而可贵"的丛书。为何对方反应如此神速？原来香港三联书店向有出版大师、名家"小作"的传统，他们正想为香港三联书店创立六十周年再筹划一套此类丛书，而我竟自己撞到枪口上来了。

记得周作人的《中国新文学的源流》1932年出版，也就五万字左右，钱锺书对周书有所批评，但还是承认："这是一本小而可贵的书，正如一切的好书一样，它不仅给读者以有系统的事实，而且能引起读者许多反想。"称周书"有系统"，实在有点勉强；但要说引起"许多反想"，那倒是真的——时至今日，此书还在被人阅读、批评、引证。像这样"小而可贵"、"能引起读者许多反想"的书，现在越来越少。既然如此，何不尝试一下？

早年醉心散文、后以民间文学研究著称的钟敬文，晚年有一妙语："我从十二三岁起就乱写文章，今年快百岁了，写了一辈子，到现在你问我有几篇可以算作论文，我看也就是有三五篇，可能就三篇吧。"如此自嘲，是在提醒那些在"量化指标"驱赶下拼命赶工的现代学者，悠着点，慢工方能出细活。我则从另一个角度解读：或许，对于一个成熟的学者来说，三五篇代表性论文，确能体现其学术上的志趣与风貌；而对于读者来说，经由十万字左右的文章，进入某一专业课题，看高手如何"翻云覆雨"，也是一种乐趣。

与其兴师动众，组一个庞大的编委会，经由一番认真的提名与票选，得到一张左右支绌的"英雄谱"，还不如老老实实承认，这既非学术史，也不是排行榜，只是一个兴趣广泛的读书人，以他的眼光、趣味与人脉，勾勒出来的"当代中国人文学"的某一侧影。若天遂人愿，旧雨新知不断加盟，衣食父母继续捧场，丛书能延续较长一段时间，我相信，这一"图景"会日渐完善的。

最后，有三点技术性的说明：第一，作者不限东西南北，只求以汉语写作；第二，学科不论古今中外，目前仅限于人文学；第三，不敢有年龄歧视，但以中年为主——考虑到大陆的历史原因，选择改革开放后进入大学或研究院者。这三点，也是为了配合出版机构的宏愿。

2008年5月2日于香港中文大学客舍

（"三联人文书系"，陈平原主编，香港三联书店，2008年起陆续刊行）

那些日渐清晰的足迹

—— "北大中文文库"代序

随着时光流逝，前辈们渐行渐远，其足迹本该日渐模糊才是；可实际上并非如此。因为有心人的不断追忆与阐释，加上学术史眼光的烛照，那些上下求索、坚定前行的身影与足迹，不但没有泯灭，反而变得日渐清晰。

为什么？道理很简单，距离太近，难辨清浊与高低；大风扬尘，剩下来的，方才是"真金子"。今日活跃在舞台中心的，二十年后、五十年后、一百年后，是否还能常被学界记忆，很难说。作为读者，或许眼前浮云太厚，遮蔽了你我的视线；或许观察角度不对，限制了你我的眼光。借用鲁迅的话，"伟大也要有人懂"。就像今天学界纷纷传诵王国维、陈寅恪，二十年前可不是这样。在这个意义上，时间是最好的裁判，不管多厚的油彩，总会有剥落的时候，那时，什么是"生命之真"，何者为学术史上的"关键时刻"，方才一目了然。

当然，这里有个前提，那就是，对于那些曾经做出若干贡献的先行者，后人须保有足够的敬意与同情。十五年前，我写《与学者结缘》，提及"并非每个文人都经得起'阅读'，学者自然也不例外。在觅到一本绝妙好书的同时，遭遇值得再三品味的学者，实在是一种幸运"。所谓"结缘"，除了讨论学理是非，更希望兼及人格魅力。在我看来，与第一流学者——尤其是有思想家气质的学者"结缘"，是一种提高自己趣味与境界的"捷径"。举例来说，从事现代文学或现代思想研究的，多愿意与鲁迅"结缘"，就因其有助于心灵的净化与精神的提升。

对于学生来说，与第一流学者的"结缘"是在课堂。他们直接面对、且日后追怀不已的，并非那些枯燥无味的"课程表"，而是曾生气勃勃地活跃在讲台上的教授们—— 20 世纪中国的"大历史"、此时此地的"小环境"，讲授者个人的学识与才情，与作为听众的学生们共同酿造了诸多充满灵气、变化莫测、让后世读者追怀不已的"文学课堂"。

如此说来，后人论及某某教授，只谈"学问"大小，而不关心其"教学"好坏，这其实是偏颇的。没有录音录像设备，所谓北大课堂上黄侃如何狂放，黄节怎么深沉，还有鲁迅的借题发挥等，所有这些，都只能借助当事人或旁观者的"言说"。即便穷尽所有存世史料，也无法完整地"重建现场"；但搜集、稽考并解读这些零星史料，还是有助于我们"进入历史"。

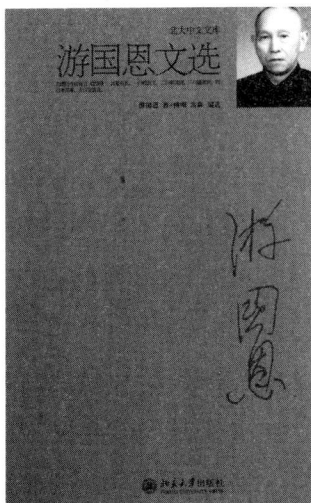

《游国恩文选》，傅刚、常森编选，
北京大学出版社，2010 年

　　时人谈论大学，喜欢引梅贻琦半个多世纪前的名言："所谓大学者，非谓有大楼之谓也，有大师之谓也。"何为大师，除了学问渊深，还有人格魅力。记得鲁迅《关于太炎先生二三事》中有这么一句话："先生的音容笑貌，还在目前，而所讲的《说文解字》，却一句也不记得了。"其实，对于很多老学生来说，走出校门，让你获益无穷、一辈子无法忘怀的，不是具体的专业知识，而是教授们的言谈举止，即所谓"先生的音容笑貌"是也。在我看来，那些课堂内外的朗朗笑声，那些师生间真诚的精神对话，才是最最要紧的。

除了井然有序、正襟危坐的"学术史"，那些隽永的学人"侧影"与学界"闲话"，同样值得珍惜。前者见其学养，后者显出精神，长短厚薄间，互相呼应，方能显示百年老系的"英雄本色"。老北大的中国文学门（系），有灿若繁星的名教授，若姚永朴、黄节、鲁迅、刘师培、吴梅、周作人、黄侃、钱玄同、沈兼士、刘文典、杨振声、胡适、刘半农、废名、孙楷第、罗常培、俞平伯、罗庸、唐兰、沈从文等（按生年排列，下同），这回就不说了，因其业绩广为人知；需要表彰的，是1952年院系调整后，长期执教于北大中文系的诸多先生。因为，正是他们的努力，奠定了今日北大中文系的根基。

有鉴于此，我们将推出"北大中文文库"，选择二十位已去世的北大中文系名教授（游国恩、杨晦、王力、魏建功、袁家骅、岑麒祥、浦江清、吴组缃、林庚、高名凯、季镇淮、王瑶、周祖谟、阴法鲁、朱德熙、林焘、陈贻焮、徐通锵、金开诚、褚斌杰），为其编纂适合于大学生/研究生阅读的"文选"，让其与年轻一辈展开持久且深入的"对话"。此外，还将刊行《我们的师长》、《我们的学友》、《我们的五院》、《我们的青春》、《我们的园地》、《我们的诗文》等散文随笔集，献给北大中文系百年庆典。也就是说，除了著述，还有课堂；除了教授，还有学生；除了学问，还有心情；除了大师之登高一呼，还有同事之配合默契；除了风和日丽时之引吭高歌，还有风雨如晦时的相濡以沫——这才是值得我们永远追怀的"大学生活"。

没错，学问乃天下之公器，可有了"师承"，有了"同窗之谊"，阅读传世佳作，以及这些书籍背后透露出来的或灿烂或惨淡的人生，则另有一番滋味在心头。正因此，长久凝视着百年间那些歪歪斜斜、时深时浅，但却永远向前的前辈们的足迹，有一种说不出的感动。

作为弟子、作为后学、作为读者，有机会与曾在北大中文系传道授业解惑的诸多先贤们"结缘"，实在幸福。

2010年3月5日于京西圆明园花园

（此文初刊《人民日报》2010年4月22日，除作为北京大学出版社2010年10月刊行的二十册"北大中文文库"的"代序"，还作为同时刊行的六册"北大中文百年纪念"丛书的"代序"）

·

辑

三

《许地山散文全编》前言

　　许先生名赞堃，字地山，乳名叔丑，笔名落华生，光绪十八年十二月二十八日（公元1893年2月14日）生于台湾台南府城延平郡王祠边的窥园里。许家原籍广东潮阳，明嘉靖中移居赤嵌（台南）。许地山的父亲许南英先生（1855—1917），号蕴白或允白，自号窥园主人、留发头陀等，甲午春被聘为台湾通志局协修，负责汇纂台南府属的沿革风物；乙未三月中日和约签订，时任台湾筹防局统领的许南英，率台南防兵抗战，事败后乡人将其送往安平港，乘竹筏上轮船转汕头。因漳州与潮州比邻，语言风俗多半相同，故寄籍为福建龙溪人。窥园先生归国后历任徐闻县知县、阳春县知县等职，民国六年因病卒于苏门答腊寓所，有诗词集《窥园留草》行世 [1]。

　　许地山三岁时，因台湾割让，随父母迁回大陆。不过，延平

_____

[1] 参阅许地山《窥园先生诗传》，收入《窥园留草》，北平和济书局，1933年。

郡王祠边的小溪、果园以及儿时的嬉戏，老来仍不时回味。去世前不久撰写《我的童年》，第一节便是《延平郡王祠边》。虽说"幼年的幻想与情绪也像叆叇孤云随着旭日升起以后，飞到天顶，便渐次地消失了"[1]，可寻根的意识从不曾泯灭。1933 年，许地山应中山大学之邀前往讲学，途经台湾，逗留多日，访故居，会亲友，也算了却一桩心愿。

因家道贫困，许地山十九岁即开始自谋生计，先在漳州任福建省立第二师范教员，后赴缅甸仰光任中华学校教员，1917 年始入燕京大学文学院念书。五四运动期间，许地山积极参加反礼教争民主斗争，为学生代表之一。此前，许地山曾和郑振铎、瞿秋白、耿济之、瞿世英等人编辑《新社会》旬刊，发表不少论文和杂感。1921 年文学研究会成立，许地山为十二个发起人之一。从本年起，许地山以落华生为笔名，在《小说月报》等报刊发表小说和诗文，正式开始文学生涯。

1920 年许地山毕业于燕京大学文学院，获得文学学士学位后，即入燕京大学神学院研读宗教。1922 年许地山获得神学学士学位，隔年出国留学，先入美国纽约哥伦比亚大学研究院哲学系研读宗教史及比较宗教学，获得文学硕士学位，又转入英国伦敦牛津大学研究院研读宗教史、印度哲学、梵文及民俗学。1926 年在牛津

---

[1] 许地山《我的童年·延平郡王祠边》，《新儿童》第 1 卷第 6 期，1941 年 8 月。

大学获文学学士学位后回国，先后在燕京大学、北京大学、清华大学讲授宗教学、印度哲学、人类学、民俗学等课程，课余多有著述。1935年因与燕京大学教务长司徒雷登意见不合，应香港大学聘任中文学院主任教授。任职香港大学期间，参加社会文化活动，历任香港中英文化协会主席、中华全国文艺协会香港分会常务理事等，"七七事变"后更是积极投身抗日救亡。1941年8月4日许地山病逝于香港，年仅四十九岁。

许地山1918年年初与台湾林季商之妹林月森结婚，生女棪新。林氏1920年病逝于上海。1929年许地山与湘潭望族周印昆之女周俟松结婚于北京，有一子（苓仲）一女（燕吉）。

许地山的著述，大致分为文学和学术两大类。文学类除小说集《缀网劳蛛》、《危巢坠简》，散文集《空山灵雨》、《杂感集》外，另有散落在各报刊的剧本、童话、小说、诗歌、歌曲、杂文几十篇。学术著作单刊的有《印度文学》、《达衷集》、《道教史》（上册）、《扶箕迷信底研究》、《国粹与国学》、《佛藏子目引得》等，另有哲学、宗教、民俗论文十几篇未曾入集。译著单刊的有《孟加拉民间故事》、《二十夜问》、《太阳底下降》三种。许地山一生同时从事文学创作与学术研究，且都有一定成就。但以1926年学成归国任教为界，前期以文学创作为主，后期则以学术著述为主。但这不等于说30年代以后许氏创作能力衰退，没有好作品问世。恰恰相反，后期小说佳作《春桃》、《玉官》、《铁鱼底鳃》等在艺术上有较大突破；《上景山》等三篇游记洗尽铅华，别有一番风味；至于剧本及童话的创作，更见许氏文学兴趣的广泛。可惜许氏英年早逝，学术上、文学上似乎均未尽其才。

许地山的散文（以及小说），之所以在"五四"一代作家中卓尔不群，很大程度上取决于其浓郁的宗教色彩与异域情调。这一点，沈从文有过精彩的说明：

> 在中国，以异教特殊民族生活，作为创作基本，以佛经中邃智明辨笔墨，显示散文的美与光，色香中不缺少诗，落华生为最本质的使散文发展到一个和谐的境界的作者之一（另外是周作人、徐志摩、冯文炳诸人当另论）。这调和，所指的是把基督教的爱欲，佛教的明慧，近代文明与古旧情绪，糅合在一处，毫不牵强地融成一片。作者的风格是由此显示特异而存在的。[1]

而这，与他本人的生活经历以及思想文化背景大有关系。生于忧患，长于忧患，再加上母亲是虔诚的佛教徒，本人年轻时又在佛教之城仰光任教两年，耳濡目染，自是较易接受佛教哲学。尽管他后来曾加入基督教会，毕业于燕京大学神学院，并留学美、英

---

[1] 沈从文《论落华生》，《读书》月刊第 1 卷第 1 期，1936 年 11 月。

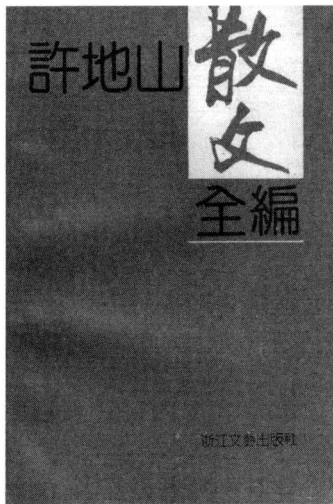

专攻宗教史，平生著述遍及佛教、道教、基督教，但真正影响他人生观形成以及其创作倾向的，主要还是佛学思想。

对佛教以及对印度文化的研究[1]，给许地山的文学创作打上了深刻的烙印。除仰光、新加坡、马来半岛的青灯佛影外，直接牵涉印度的风土人情文化习俗的作品就有《醍醐天女》、《萤灯》、《商

[1] 在许地山的著述中，有考察印度哲学的《古代印度哲学与古代希腊哲学之比较》，有考察印度宗教的《大乘佛教之发展》，有考察印度逻辑学的《陈那以前中观派与瑜伽派之因明》，有考察印度文学的专著《印度文学》，有考察中印文化交流的《梵剧体例及其在汉剧上的点点滴滴》……几乎印度文化的各个主要方面他都有所涉猎。

人妇》、《海角底孤星》、《头发》等。对印度文化的爱好和对佛教哲学的推崇是紧密联系在一起的。借用佛学意象，使许地山作品光怪陆离，充满神秘感与异域情调；而化用佛家思想，则大大加强了许地山作品的哲理成分，显得丰富深邃。

许地山散文（小说）的哲理主要可以归结为两条：一是"爱"的宗教，一是"无我"、"虚空"观。前者既有佛家色彩，又有基督教成分，还有西方民主博爱学说的影响，在"五四"文学中没有很大特色。后者借助佛家思想，推演出一套立身处世之道，是否符合佛陀真义很难说，反正并非世人理解的消极遁世悲观无为的佛教。

接受佛教的"无我"、"虚空"观，许地山并非用来说明物质世界的虚妄，而是承认客观规律的不可抗拒和主观意志的局限，进而破除自我迷恋的全能观。在《无法投递之邮件》中，作者讥讽信仰"不全宁无"的怀书是"愚拙的聪明人"。因为，"'理想'和毒花一样，眼看是美，却拿不得"。看到理想和现实之间永恒的矛盾，以及这种矛盾引起的永恒的痛苦，许地山企图引入佛学的"虚空"来排除"三欲"，从根本上消除烦恼。他甚至设想到了理想社会，出现"真人类"，这种"文化的真人"的最大优点，就是"与物无争求，于人无争持"[1]。这种"不争"，并非完全放弃主观能动性，

[1] 许地山《七七感言》,《杂感集》, 商务印书馆, 1946 年 11 月。

一任命运的颠簸捉弄，而是努力抛弃"三欲"中的"繁华欲"。就好像玉官一样，只有到了不求报酬地工作时，才真正体味到人生的乐趣并远离失望与烦恼[1]。也就是说，许氏其实并非主张"灭欲"，而是主张只求耕耘，不问收获；不求有功于世，但望无愧于己。

人生如蜘蛛结网，难保网不破，但照结不误，破了再补——这一"补网人生观"，照茅盾的说法，正是许地山区别于"像安得列夫那样的悲观主义者"，在怀疑"生"赞美"死"时"半路里撑住了"的重要原因[2]。有一股前路茫茫的怅惘和无法排遣的悲哀，但主调是积极入世的。对照同时期的散文《海》，不难明白这一点：

> 在一切的海里，遇着这样的光景，谁也没有带着主意下来，谁也脱不了在上面泛来泛去。我们尽管划罢。

借用佛家思想，没有导向现实人生的否定，而是通过平衡心灵，净化情感，进一步强化生存的意志和行动的欲望，这就是许地山散文小说奉献的带宗教色彩的生活哲理[3]。

---

[1] 参阅许地山《玉官》，《危巢坠简》，商务印书馆，1947年4月。

[2] 茅盾《落华生论》，《文学》月刊第3卷第4期，1934年10月。

[3] 许地山晚年仍然坚持这一倾向，在《序〈野鸽的话〉》中称："作者的功能，我想，便是启发读者这种悲感和苦感，使他们有所慰藉，有所趋避"；"所谓避与顺并不是消极的服从与逃避，乃是在不可抵挡的命运中求适应，像不能飞底蜘蛛为创造自己的生活，只能打打网一样"。

哲理散文（小说）以融合哲学和诗学为目标，其长处不在于哲学的通俗化或文学的抽象化，而在于借助诗的语言和情感的潮汐，表达人类对世界永恒探索和对知识不懈追求的决心和热望。很难设想哲理文学能为当代人或后代人提供多少值得奉为圭臬的新的生活哲理；读者对哲理散文（小说）的偏爱，并非想从中获得什么立身处世之道，而是惊叹作家居然能把如此熟悉的哲理表达得如此生动感人，如此神采飞扬。同样的，许地山以哲理见长的散文小说，其长处也不在思辨的精确，而在于情感的真挚。用诗的语言来描述诗的意境，从中透出一点朦胧的哲理，便于读者去感受，去领悟，去再创造，故显得空泛而深邃。

1920 年，许地山曾翻译泰戈尔的艺术论文《美底实感》。泰戈尔强调"音乐是艺术底至纯形式"、"是美底最直接的表现"，"真诗人"应主要借助音乐的语言而不是绘画的语言来表现世界[1]。这些观点，对许氏以后的创作影响颇大。当然，强调文学作品的音乐感，并不是要求文学借用音乐的具体表现手法，在散文和小说中体现旋律、和声、对位、节奏；而是要求借鉴音乐作为一门独立的艺术所特有的美学特征，比如直接抒情的特性，以及由此引申出来的自然流露不加雕饰的艺术风格。

许地山的艺术理想单纯而自然。在《海世间》中，作者是这

---

[1] 泰戈尔著、许地山译《美底实感》，《晨报》1920 年 5 月 24 日。

样表达其艺术理想的：

> 凡美丽的事物，都是这么简单的。你要求它多么繁复、热烈，那就不对了。

这种艺术趣味，既得益于泰戈尔的文学音乐化思想，又得益于印度文学的长期熏陶。文学音乐化要求直抒胸臆，赤裸裸地表现自己，不容半点矫揉造作，也不需浓妆艳抹，这就必然以"清水出芙蓉，天然去雕饰"为美。许地山偏爱印度民间文学，先后翻译印度故事集《二十夜问》、《太阳底下降》等，并著有《印度文学》一书。对"稚拙"的印度文学的借鉴，使许地山的散文小说风格清新，带有浓厚的装饰风味与寓言、童话色彩，人物与故事似乎都"不太现实"，但确实生气盎然。

一般地说，许地山善于表述哲理，可文笔偏于华丽，语言也略嫌啰嗦，算不上第一流的大手笔。可在《缀网劳蛛》、《黄昏后》、《春桃》以及《空山灵雨》等佳作中，却能循乎性情，挥洒自如，显得典雅朴实。也许，这跟作家将主题提到宗教的高度，借用宗教徒的信仰与热情，以及宗教的意象，因而获得一种神秘感与神圣感有关。一方面是带宗教意味的神秘的哲理色彩，一方面是呈异域情调的朦胧的童话氛围，两者和谐地统一起来——或许这就是许地山作品的魅力所在。

主张直接抒情，必然相对忽视结构技巧，情之所至，行于所当行，止于不可不止。许地山的小说大都是一股幽情或一则哲理的抒写，即使有完整的故事情节，也不以故事情节而是以人物情绪为中心。相反的，许氏的散文倒十分注重场景和对话，这就难怪《空山灵雨》连载于《小说月报》时标为"小说"，《无法投递之邮件》更历来被编入小说集。可在我看来，《空山灵雨》中的"场景"，只是为了营造某种"氛围"；《无法投递之邮件》中拟想的"对白"，其实也只是不同角度的"独白"。与其从小说化、戏剧化角度把握许氏的散文，不如将其作为寓言、童话来解读。从早期的《春底林野》、《光底死》，到晚年的《萤灯》、《桃金娘》，许地山似乎一直没有完全摆脱"童话心态"，这一点颇为难得。在大人讲给大人听的童话世界中，除了美感、诗意外，还有某种故作神秘、故作深沉的"稚气"。除了作家本人的性格才情外，这似乎还跟他长期从事神话传说、宗教民俗的研究有关。

许地山并非"职业作家"，文学创作只是其业余兴趣，不为生计也没有闲情来"做文章上的游戏"。之所以写诗文著小说，"只为有生以来几经淹溺在变乱底渊海中，愁苦的胸襟蕴怀着无尽情与无尽量，不得不写出来，教自己得着一点慰藉，同时也希望获得别人底同情"[1]。强调忠实于个人的生活感受，许地山既反对新式

---

[1] 许地山《〈解放者〉弁言》，《解放者》，星云堂书店，1933 年 4 月。

风花雪月，也反对公式化的劳工反抗：

> 我想，一个作者如果是真诚底话，一定不会放着他所
> 熟悉底不写，反去写他所不知底。[1]

许地山的真诚，使得他既不可能重复《空山灵雨》的老路，也不
可能追随左翼作家高喊革命；20年代中期以后，许地山的散文明
显转向。一个突出的标志是，作者的关注点从哲理移向现实人生
和民俗风情，风格上也日趋平实自然。由"文人之文"转为"学
者之文"，最具代表性的莫过于《空山灵雨》与《杂感集》。前者
近乎散文诗，后者则几乎是文化评论——这一转变的功过得失留
给后人评说；这里只想指出一点，长期的书斋生活，使得许地山
的散文必然日趋学者化。学者化的散文也自有其独特的魅力，若
鲁迅、周作人、林语堂、梁实秋、王了一等，都有兼融才、学，
把随感杂文写得妙趣横生的本事。可惜许地山似乎缺乏一点幽默
感，晚年的杂感未免显得过于"沉重"、"拘谨"了些，不像早年
那样挥洒自如。唯一值得欣慰的是，作者在评述时事发表政见的
同时，喜欢发挥自己在宗教礼仪乃至服饰民俗等方面的专长，故
其"杂感"有极浓郁的"文化味"，不同于一般转瞬即逝的时评政论。

---

[1] 许地山《序〈野鸽的话〉》，《新文学》第1卷第1号，1935年4月。

　　许地山的散文，生前结集出版的只有一册《空山灵雨》;《杂感集》编辑出版于许氏去世之后。此次编辑许地山散文"全编"，除收入以上两书外，更包括小说集《缀网劳蛛》、《危巢坠简》和论文集《国粹与国学》中某些散文、杂感、随笔和回忆录。此外，散落在各报刊的单篇文章，因搜集不易，故入集时标准稍为放宽，包括一般文化评论以及自述创作的文字，目的是为研究者提供方便。

　　全书共分六辑，每辑中各文依发表顺序编排。除第一辑收入《空山灵雨》全书外，第二辑至第六辑按作品类型重新编排。第二辑收抒情散文；第三辑为许氏关于家世、生平与创作的自述；第四辑为杂感；第五、六辑分别为关于语言文学、宗教民俗的文化评论。

　　收入本书各文，大都参照原刊校订，明显错字径行改正，拟改拟添之字加【 】以示区别。标点符号的使用，尽量尊重许地山的习惯，有些明显的错误则代为纠正。

　　许地山一生始终关注文字改革的进展，早年著文讨论注音字母，晚年更将文字改革提到"为子孙的文化着想"的高度[1]，去世前最后一篇未完文稿即《中国文字底将来》。许氏文字改革的理论是非留给专家评述，可这一文化关怀值得怀念。为了表示敬意，

---

[1] 许地山《拼音字和象形字的比较》，《国粹与国学》，商务印书馆，1947 年 6 月。

也为了展现许氏文字改革的思路，经与出版社协商，决定保留许氏散文中某些不符合现代汉语规范的用法 (如 "的"、"地"、"底" 的使用)。

本书所收各文的原发表处及收入集子情况，均于篇末注明。凡注明录自文集者，均以文集所收为校正底本；惟排印错误者，依初刊本校改 (如《空山灵雨》结集出版时作者做了部分改动，则以单行本为准)。

本书部分文章的校订工作，承蒙夏晓虹女士协助，特此致谢[1]。

1992 年元月 4 日于北大畅春园

(《许地山散文全编》，陈平原编，杭州：浙江文艺出版社，1992 年 10 月)

---

[1] 此书原本附有《〈许地山著作编目〉补遗》，我在小引中提及 "关于许地山在香港的著述情况，本编目参考了卢玮銮女士所编《许地山在香港活动纪程》，特此致谢"；可惜正式刊行时，出版社以学术性太强为由删去。只好将此 "补遗" 及其小引收入我的《书生意气》(上海：汉语大词典出版社，1996 年)。

章太炎先生小传

先生原名炳麟，字枚叔，因慕顾炎武为人，改名绛，号太炎。先生1869年1月12日出生于浙江余杭南乡仓前镇一个书香旧家，1936年6月14日因鼻衄等病剧发，逝于苏州，享年六十八。噩耗传出，全国朝野表示惊悼，国民政府更颁发"国葬令"，只因抗战军兴未能实行。

先生先世自分水迁余杭，距今已五百年。祖名鉴，字聿昭，国子监生。父名濬，字轮香。太平天国革命后章"家无余财，独田一顷在耳"。先生有兄二人：章篯，举人，嘉兴儒学训导；章箴，举人。先生幼时从外祖父海盐朱有虔（左卿）读经，得以濡染清儒汉学风气，并因得读蒋良骐《东华录》而萌生民族思想。先生一意治经，无心举业；父亲死后，更赴杭州入诂经精舍从经学大师俞樾问学。七年诂经精舍的严格训练，打下深厚的朴学根基。

甲午战争后，先生"遭世衰微，不忘经国"，一方面投身政治斗争，一方面开始涉猎西学，从中寻求学理。先生治学既有乾嘉汉学根基，又能融会国外各种新知，故其学问能突破清学藩篱，为现代中国学术之前驱，对五四新文化运动亦有深刻影响。

先生既奔走革命，又热衷讲学。在他看来，提倡国故、增强民族感情，乃是中华民族自立于世界民族之林的根本。故清末反满时提倡国故，30年代抗日时依然提倡国故。表面上先生前期侧重政治，后期突出学术，实则颇有沟通政、学之志。先生七被追捕，三入牢狱，而革命之志终不屈挠，乃民国无勋；而在近代中国学术史上，先生更是自立宗派的巨人。

先生著作甚丰，《訄书》《国故论衡》《齐物论释》《文始》《检论》、《菿汉微言》等，都曾在学术界产生巨大影响，并对近代中国经学、史学和哲学研究的进展做出不可磨灭的贡献。

先生学术思想的形成，依其前后可分为今古文之争、中西学之辨和儒道释的调适三个层次。在今古文之争中，先生站在古文经学一边，标榜实事求是，痛诋康有为今文经学的臆测武断。在中西学之辨中，先生既热心阅读西哲著作，又本着"依自不依他"的原则，不为其所缚。先生之不同于清儒，不只在于其有幸借鉴泰西学说，学术视野更为广阔，更在于其超越考据，直探义理，成为近代中国真正有思想的大学问家。由朴学而小学而史学而玄学，此乃先生治学的大致门径；而由儒入佛，以佛解庄，最后是儒释道互补（其间经过泰西学术的滋润与启迪），此乃先生的精神漫游之路。

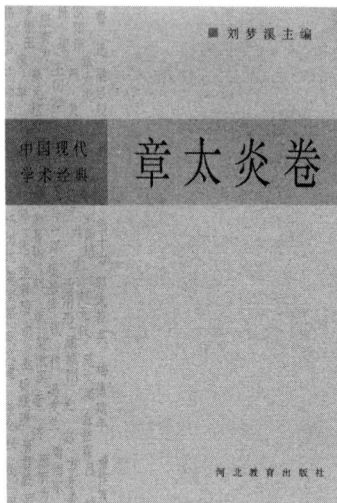

先生为文，初法江中、李兆洛，后上追三国两晋文辞。因其持论仿佛晚周，且"守己有度，伐人有序"，先生论学文章高古典雅，自成一格，时人颇多推许；只可惜有时拟古之迹太甚，不免流于矜耀。

(《中国现代学术经典·章太炎卷》，陈平原编校，石家庄：河北教育出版社，1996年)

鲁迅先生小传

先生原名樟寿，字豫山，后改名树人，字豫才；"鲁迅"乃先生 1918 年发表小说《狂人日记》时始用的笔名，后遂以笔名行世。先生于清光绪七年八月初三日（1881 年 9 月 25 日）出生于浙江省绍兴府会稽县东昌坊口周家，1936 年 10 月 19 日病逝于上海大陆新村九号寓所，享年五十六。

先生少时家境日渐困顿，常出入当铺、药店，饱尝世态炎凉。十八岁往南京就读矿路学堂，二十二岁东渡日本留学，先生基本上受的是新式教育。但先生十五岁即喜课余搜集、抄录古书，且一直乐此不疲，借此得窥古学精微。蔡元培称先生治学"完全用清儒家法"，而又"不为清儒所囿"，不无道理。

二十六岁那年，先生于细菌学课程中看到日本兵在日俄战争中杀害中国人的幻灯片，深受刺激，决心弃医从文，以文艺来改造国民的精神。先是翻译外国文学作品，介绍西方与俄苏文艺理论，继而直接投身文学创作，三十年间，写下大量觉世与传世之作。先生与周作人合译的《域外小说集》出版于 1909 年，"异域文术新宗，自此始入华土"。而《狂人日记》、《阿 Q 正传》的发表，更体现了"五四"文学革命的实绩。先生的短篇小说集《呐喊》《彷徨》、《故事新编》，散文诗集《野草》，散文集《朝花夕拾》，以及

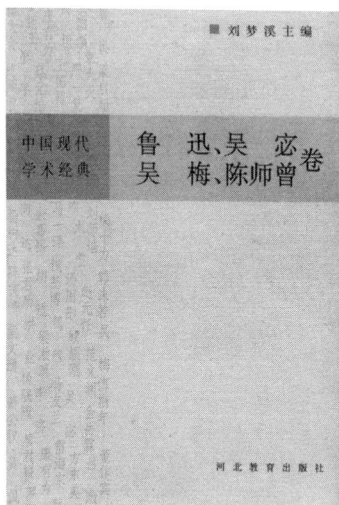

大批杂文集，乃中国现代文学史、文化史上的丰碑。先生在从事文学创作的同时，积极从事争取民主反抗黑暗的活动，充分体现了现代中国知识分子的良心和勇气，故被誉为"民族魂"。

先生文名甚高，以致作为学者的深厚功力及独特见解，为其文名所掩。从1907年撰写《摩罗诗力说》起，先生一生发表许多精彩的文学论文。作为一位卓有成就的小说家，先生深知创作甘苦，品评作品常能体贴入微，道常人所未能道。而对中国历史及中国文化的洞识，更使其文学论文有深厚的历史感。

先生一直有意从事中国文学史的写作，并为此积极准备，直到去世前不久还在购买文学史的资料。20 年代，先生撰写了带有开山意义的中国文学专史——《中国小说史略》，又完成部分文学通史的写作——《汉文学史纲要》，二者都是现代学术史上的经典之作。然先生抱负甚大，此后发表的《魏晋风度及文章与药及酒之关系》和《〈中国新文学大系〉小说二集序》，在研究思路和史识上，都有超越前两书之处。先生在 30 年代多次表示希望完成一部完整的中国文学史，而且已有了若干章节的写作方案，只可惜终成广陵散。

先生撰史，主张先从长编入手，但又强调文学史不同于资料长编。前者体现其与清代朴学家的精神联系，后者则凸现其超越清儒的现代学术品格。先生治学重校勘辑逸，力图掌握大量第一手资料，反对空发议论。《中国小说史略》之所以难以超越，其中一个重要原因是，先生此书是以辑校《古小说钩沉》《唐宋传奇集》和《小说旧闻钞》三书为其根基，非同时众多率尔操觚的才子可比。先生治史，善于抓重点文学现象，并由此深入开掘，大处着眼，小处落笔，确是大家风范。

先生晚年很少写作学院派的学术论文，但其杂文中仍不时体现其文学史思考。只是由于杂文体式的限制，必须换另一种阅读眼光，方能理解和欣赏先生的学术思路。

（《中国现代学术经典·鲁迅、吴宓、吴梅、陈师曾卷》，陈平原等编校，

石家庄：河北教育出版社，1996 年）

胡适先生小传

　　胡适原名嗣穈，学名洪骍，参加"庚款"留学考试时改名胡适，字适之。先生 1891 年 12 月 17 日生于上海大东门外，世为安徽绩溪人。其父胡传（字铁花，号钝夫），清岁贡生，官至淞沪厘卡总巡、台东直隶州知州，有著作《台湾纪录两种》传世。先生一生领尽风骚，1962 年 2 月 24 日于台湾"中央研究院"院长任上逝世，享年七十二。

　　胡适五岁开蒙，在绩溪老家私塾受过九年旧式教育，打下一定的旧学基础。1904 年到上海进新式学校，接受《天演论》等新思潮，并开始在《竞业旬报》上发表白话文章。1910 年夏赴美留学，先入康奈尔大学习农科，后转入文科；1915 年进哥伦比亚大学，追随实用主义哲学家杜威学习哲学。1917 年完成博士学位论文《古代中国逻辑方法之进化》。在此期间，胡适热心探讨文学改良方案，并试作白话诗。而与《新青年》主编陈独秀的通信，以及《文学改良刍议》一文的发表，更引发了一场声势浩大影响深远的文学革命。同年胡适学成归国，被聘为北京大学教授，并参与《新青年》杂志的编辑，至此一发而不可收，成为新文化运动的主将之一。

　　"五四"时期，胡适连续撰写《历史的文学观念论》、《建设的文学革命论》等文，提倡"国语的文学，文学的国语"，并相继完成《国语文法概论》、《白话文学史》等著作，对白话文取代

中国现代
学术经典

胡　适　卷

▓ 刘梦溪主编

河北教育出版社

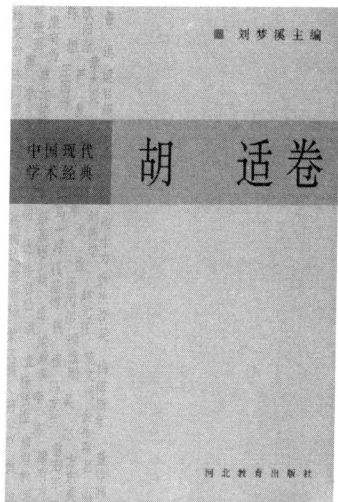

文言文而成为现代中国人主要的思想和交流工具起了决定性作用。
此乃他最大的名山事业。

　　在理论倡导的同时，胡适还进行了一些文学创作的"尝试"。
其小说、剧本均未见成功，独有出版于1920年的《尝谈集》，乃
新文学史上第一部白话新诗集，颇有开拓之功。

　　文学创作非其所长，在新文化运动中，胡适另一主要贡献是
输入新思想。其《易卜生主义》、《贞操问题》，当年都是振聋发聩
之作。而从问题与主义之争，到《人权论集》，再到主办《独立评
论》，胡适始终坚持独立姿态和批判精神。抗战军兴，胡适出任驻

美大使；胜利后又先后担任北京大学校长和"中央研究院"院长。但其始终保持书生本色，不曾背叛"五四"时代的理想与精神，是现代中国为数极少的真正意义上的自由主义知识分子。

胡适称五四新文化运动为"中国的文艺复兴"，并断言其有四重目的：研究问题、输入学理、整理国故、再造文明。照他的理解，所谓整理国故，就是用科学方法对三千年来破碎的古学进行一番有系统的研究。故胡适治学特重方法，屡次撰文介绍清儒与西哲的"科学方法"，以至于再三声称他的学术研究都是为了证明并推广其"科学方法"。

胡适治学有两个主要领域，一是中国哲学史，一是中国文学史。尽管《中国哲学史大纲》只出版了上卷，《白话文学史》也没有下编，可这两部书都是建立规范并奠定学科基础的经典性著作。后人可以赞赏，也可以批评，却无法漠视其存在。前者的平视诸子以及历史的眼光，后者的双线文学观念，都是对本世纪学术发展影响甚深的"大胆假设"。另外，他首创新红学，重修禅宗史，以及用历史演进法来研究中国章回小说，都是开一代新风，功不可没。

抗战以后，因奔走国事，再加上自身学术路数的内在限制，胡适学术上未能更上一层楼。晚年沉醉于《水经注》疑案，下力甚大，可惜成果不尽如人意。

（《中国现代学术经典·胡适卷》，陈平原编校，石家庄：河北教育出版社，

1996年）

《追忆章太炎》后记

　　身兼斗士与学者的章太炎，一生屡遭世变，多次卷入政治斗争漩涡，可依然著述、讲学不辍。早年奔走革命，不忘提倡学术；晚年阐扬国故，可也呼吁抗日。在政治与学术之间徘徊，是清末民初学者的共同特征；章太炎的好处是干什么像什么，是个大政治家，也是个大学者。后世学人关于民国以后的章太炎是否"退居于宁静"的争论，未免过分集中关注其政治生涯。换一个观察角度，由从政转为问学，很难简单认为"颓唐"或"消极"。在我看来，章太炎不只是革命家，更是近代中国最博学、思想最复杂高深的人物。鲁迅称章氏为"有学问的革命家"，我则倾向于将其作为"有思想的学问家"来考察。

（一）

谈论章太炎的思想与学术，很难不作分期把握，因其思想庞杂且变化多端，根本无法"一言以蔽之"。前人关于章氏思想发展的分段，颇多可议之处。关键不在分段时提前几年抑或推后几年，而在使用的理论尺度以及无意中表露出来的论者的学术观念。

最常见的弊病是过分依赖历史事件，而不大考虑对象自身的特性。甲午战争、辛亥革命和五四运动，当然会在章氏生活和思想上打下烙印，可将其作为分段依据则嫌牵强。外在的政治事件与个体的生命体验和思想学术追求不能画等号，尤其是像章太炎这样有极强烈的独立意识的思想家，根本不会随时势流转。将个体感受直接依附于外界发生的政治事件，说成是其"必然的反映"，而不尊重个体独特的生存处境、感情世界以及内在思路，所有历史人物的思想发展也就只能一刀切了。

与此相联系的是，过分突出所谓革命派与改良派的斗争（或光复会与同盟会的分裂），用外在的政治行动作为评价的唯一依据，抹杀章太炎思想的深刻性与复杂性，使得历史人物一下子平面化了。清末民初，知识分子上下求索，许多见解既空泛又深刻，一时难断是非曲直。只因为辛亥革命成功，就断言"革命"是

好"立宪"是坏，未免过于草率。史学家吕思勉曾指出一个有趣的现象：君主和民主比较，自然君主较旧而民主较新；可将革命和立宪比较，"革命是吾家旧物，而立宪的观念则来自西洋"（或者说革命是旧而立宪是新）。主君主立宪的康、梁与主民主革命的孙、章，都不是新旧中西（更不要说进步落后）这样简单的模式所能概括。

章太炎自述思想变迁，有一句话很精辟："自揣平生学术，始则转俗成真，终乃回真向俗。"（《菿汉微言》）这话常被研究者引用，可具体阐释五花八门，尤其是关于"真""俗"的界定。

比如，随顺众生为俗，破除迷妄为真；具体事物为俗，抽象哲理为真；史学为俗，哲理为真；学以致用为俗，实事求是为真；儒学是俗，佛学是真；经验现象是俗，心灵本体为真；民族主义是俗，无生主义是真等等。章氏既持真俗之辨，又主"真妄同源"，颇多精彩之论。不过，倘以这假定性的"真俗"说衡量章氏一生，其"转俗成真"与"回真向俗"恰好落实在两次系狱。"遭世衰微，不忘经国，寻求政术，历览前史"——以此乃未经"真"洗涤的"俗"；"及囚系上海，三岁不觌，专修慈氏世亲之书……解此以还，乃达大乘深趣"——此即"转俗成真"；"癸甲之际，厄于龙泉，始玩爻象，重籀《论语》"——此乃"回真向俗"。三年系狱，三年幽禁，前后两次被囚，精神状态大不一样，可都促使章氏深思熟虑，重新反省其政治理想及学术追求，在某种程度上促成了其思想转变。这种转变当然不是一夜之间完成的，《太炎先生自定年谱》和《太炎先生自述学术次第》对此也含糊其辞；为了论说方便，只能做如下大致划分：第一次转变以1906年出狱东渡日本为界；第二次转变以1915年幽禁中作《菿汉微言》自述"回真向俗"为标志。以此二变三段来把握章太炎的思想变迁，相对强调内在思路而不是外在行动，价值追求而不是政治倾向。

（二）

谈论章太炎的学术思想不容易，因其糅合百家而又自成宗派，思想资料和学术渊源颇为复杂，不同时期所吸收、所推崇的又都很不一致。不过，大致而言，章氏学术思想的形成，依其先后可分为今古文之争、中西学之辨和儒道释的调适三个层次。值得注意的是，章太炎不是在一种平静状态下接受某一思想（或学术观念），而始终是坚持"依自不依他"的独立意识，在争辩中、对抗中选择取舍，融会贯通的。

章氏治学讲求自得，既反泥古，也反媚外。评判历代学术，其重要标尺就是能否"独立自得"。而对西方学术，章氏从来都是以我为主，不为所拘，有时甚至故显倨傲，言辞刻薄。可另一方面，章太炎其实颇为善于向学术上的对手学习，借助论争激发灵感，完善自家学说。20年代章太炎有一段自白，很能表明他这种治学风格："我们更可知学术的进步，是靠着争辩，双方反对愈激烈，收效愈增大。我在日本主《民报》笔政，梁启超主《新民丛报》笔政，双方为国体问题辩论得很激烈，很有声色；后来《新民丛报》停版，我们也就搁笔。"（《国学概论》）

至于为了匡正时论，故作惊人之语，在章太炎也不稀奇。1906年章太炎写下对新文化运动影响甚大的《诸子学略说》，批评儒家"以富贵利禄为心"，十六年后表示忏悔此"狂妄逆诈之论"，并解释当时立论乃因"深恶长素孔教之说，遂至激而诋孔"（《致柳翼谋书》）。这种解释并非无稽之谈，章氏好多轰动一时的惊人之论是服务于其时的政治论争的。李泽厚称其为"半政治半学术的广阔评述"（《章太炎剖析》），不无道理。正因为如此，对其分析评判，不能限于字面所述事实或所依学理，更得考虑其特定语境和潜在的对话者。

章太炎对康有为借公羊学倡改制的良苦用心其实颇有领悟，只是对其论学诡怪恣肆主观武断始终不以为然。早年为了"以革政挽革命"，章氏曾应邀与康门弟子共事，可"论及学派，辄如冰炭"；只因考虑到其时政治斗争形势，才没有公开批评康氏学说。戊戌政变后，他甚至针对世人对康有为的攻击，挺身而出为其辩护，并自认与康氏"论学虽殊，而行谊、政术自合也"（《〈康氏复书〉识语》）。只是到1900年解辫发主排满以后，政治上与康、梁等君主立宪派分道扬镳，章氏才多次著文痛诋康有为的今文经学。康有为立说过于武断，弟子梁启超也承认其师"以好博好异之故，往往不惜抹杀证据或曲解证据"（《清代学术概论》）。这种治学方法，与作为古文经学大师的章太炎所标榜的求是精神大相径庭。再加上政见歧异，故章太炎对之热讽冷嘲不遗余力。这么一来，章氏也就难得平心体会康氏立说的长处，"门户之见，时不能免"（同上）。

在今古文之争中，章太炎无疑是站在古文经学一边；而在中西学之辨中，章氏似乎以中为主，这有其特殊的理论背景，并非盲目排外。只是针对其时日渐加剧的"欧化主义"，章太炎才大声疾呼"用国粹激动种性，增进爱国的热肠"（《东京留学生欢迎会演说辞》）。究其实际，章氏对向西方寻求学理这一思潮并不反感，而且自觉投入其中，不只翻译日人岸本武能太的《社会学》，东走日本时更"旁览彼土所译希腊、德意志哲人之书"。这就使得他在著述中可以不时与苏格拉底、柏拉图、亚里士多德乃至康德、费希特、黑格尔、叔本华、尼采、休谟、赫胥黎、斯宾塞等西哲对话与辩难，并以之作为建构理论体系的参照。更何况章氏还有另一手绝活：对印度哲学的了解，使得他能够随意征引从婆罗门、胜论、数论各宗乃至法华、华严、瑜伽诸经。这一点章太炎非常得意，口述《菿汉微言》时以融会贯通"华梵圣哲之义谛，东西学人之所说"自许。可毋庸讳言，章氏对"东西学人之所说"，其实谈不上精深研究，好多只是依据第二三手材料和同时代人的研究成果（梁启超的《卢梭学案》、《近世第一大哲康德之学说》和鲁迅的《摩罗诗力说》都是连编带写，近乎纂述，当然也都不无发挥）。好在章太炎本就是"依自不依他"，用近乎"六经注我"的态度，借助这些西方学说来构建自家的理论体系。

章太炎之不同于清儒，不只在于他有幸借鉴泰西学说，学术眼界更为广阔；更在于其超越考据，直探义理，成为近代中国真正有思想的大学者。章氏认定学者之病实者（执著滞淹）当施泻，病虚者（浮华夸诞）宜施补，"鄙人夙治汉学，颇亦病实。数年来，以清谈玄理涤荡灵府，今实邪幸已泻尽"（《致宋燕生书》）。诂经精舍七年，章太炎受过严格的朴学训练。由朴学而小学而史学而玄学，此乃章氏治学的大致门径。借用其弟子许寿裳的话，就是"以朴学立根基，以玄学致广大"（《章炳麟》）。倘就追踪玄学而言，章氏的精神漫游之路大致如下：先是由儒入佛，次则以佛反儒、以佛解庄，最后是儒释道互补。《菿汉微言》中虽有"文孔老庄是为域中四圣，冥会华梵，皆大乘菩萨也"的话，但与传统文人之调和儒释道还是有所不同。就玄理而言，章氏认定中外学说，"无过《楞伽》《瑜伽》者"，只是"佛法虽高，不应用于政治社会"，这才有待于老庄与文孔（《太炎先生自述学术次第》）。而儒道相较，又以孔子学说更切于人事，故国势日危时须格外阐扬儒侠，而不可独用佛道。经世求切于人事，求是则不妨高妙。就理论趣味而言，章太炎最欣赏的还是佛学，其著述的思想深度也大大得益于佛学的滋润。

（三）

古今、中外、儒释道三个层次之间并非完全隔绝，而是处于互动、对话的状态。这一点章氏自述学术次第时关于"汉学—科学—法相"三者关系的辨析最能说明问题。分层次只是为了便于把握，有时候根本无法分清孰先孰后。统而言之，章氏之治学，以第三层（哲理与眼光）成就最高，可根基则是第一层（方法与学养）。

在今古文之争、中西学之辨和儒释道的调适过程中，章太炎逐渐形成自己独特而庞杂的思想体系。不过在这有形的三层次的努力中，有一种无形的特殊动力，或者说思维习惯，驱使他为寻求真理而上下求索并取得丰硕成果。这就是其独行侠的气质，以及否定性的思维特征。从上世纪末作《明独》，断言"知不独行，不足以树大旅"、"大独，大群之母也"起，章氏一生始终"特立独行"。"狂生"、"名士"、"异端"、"在野党"、"神经病"、"章疯子"、"矜奇立异"、"忤时违众"等等，这就是世人对章氏这一性格特征的褒贬。其中"神经病"的说法，是章太炎1906年在《东京留学生欢迎会演说辞》中供认不讳的："大凡非常可怪的议论，不是神经病人，断不能想，就能想也不敢说。说了以后，遇着艰难困苦的时候，不是神经病人，断不能百折不回，孤行己意。所以古来有学问成大事业的，必得有神经病才能做到。"章太炎晚年批评立新骛奇，可"立说好异前人"（包括今人），其实正是章氏平生治学一大特点，其得失皆系于此。

侯外庐称章太炎研究中"表现出自我横冲的独行孤见，在中国思想史上这样有人格性的创造，实在数不上几人"（《近代中国思想学说史》）。贺麟在《当代中国哲学》中则断言："他不但反对传统的中国思想，他同样的反对西方的新思想，其勇于怀疑，与康有为之破除九界、谭嗣同之冲决网罗，有同等甚或更大的思想解放、超出束缚的效力。"萧公权以"抗议"二字作为章氏政治思想的核心（《中国政治思想史》）；河田悌一则干脆称章太炎为"否定的思想家"（《否定的思想家——章炳麟》）。所有这些说法，都是注意到章氏立论的这一特色。

这种标新立异锐意创新的学术风格，好处是总走在时代前头，善于救弊扶偏，"事未至而先见败征，众人方醉而己独醒"（庞俊《章先生学术述略》）；可一味颠倒时论，为否定而否定，虽能出奇制胜，但易失之偏激。

以"独行孤见"、"勇于怀疑"、"抗议"、"否定"为思维特征的章太炎，在清末民初这一场思想文化震荡中，其才华发挥得淋漓尽致，一点也不奇怪——这本来就是一个拆散（破坏旧世界）的时代。时过境迁，章太炎许多当年传诵一时的"妙语"和"怪论"，都可能被人遗忘，但其"特立独行"的气势，至今仍令人神往。

（四）

在《余杭章氏学别记》中，钱穆曾赞扬章太炎治学能"守平实"，"不偏尊一家，轻立门户"，大别于"极恢奇"的康有为。称章氏不"偏尊一家"没错，可说其不"轻立门户"则未必。世人常将偏尊一家与自立门户混为一谈，章太炎恰好是主张自立门户以破偏尊一家的。故章氏后期的主张诸科平等，兼取汉宋，与前期的推崇"矜己自贵，不相通融"，其实并没有根本性矛盾，只不过侧重点不同而已。

章太炎论学，门户之见相当明显，而且似乎并不想隐瞒这一点。因为在他看来，现代中国学术界并非过多门户，太讲独立，而是"其病多在汗漫"。学者立论之所以漫无标准不着边际，其表是缺乏己见不能自立，其里则是慑于一尊不敢放言。救治之法是重新高扬先秦诸子自立门户百家争鸣的学术精神：首先是敢于自立门户，然后才谈得上百家争鸣。若都一味依人门下，所谓争鸣最多不过是补苴罅漏的小把戏，谈不上别树一帜推陈出新。当然，是否能够自立门户，还有个客观环境的限制，若汉武帝罢黜百家独尊儒术，既"定一尊于孔子，虽欲放言高论，犹必以无碍孔氏为宗"，这就难怪学者"强相援引，妄为皮傅，愈调和者愈失其本真，愈附会者愈违其解故"（《诸子学略说》）。衡量一个时代学术成就的高低，很重要的一个标志就是学者能否自立，能否别创新说。社会能否允许百家争鸣是一回事，学者本身有没有自立的意识和要求又是一回事。章氏主要着眼于后者，希望后世学人能追踪先秦诸子，"各为独立，无援引攀附之事"。

民国以前，章太炎论学主独立，"但顾求真，不怕支离"，力破"汗漫"与"调和"，勇于向正统和权威挑战，这点学界不会有太大的争论。问题在于民国以后，章氏是否"开始流露保守的、调和的动向"。古今中外第一流的文人学者，老来不如年轻时激进，立论日趋平实公允，此乃常态；越老越偏激的毕竟罕见，而且给人"冬行春令"的感觉。康有为曾引明人顾宪成语，"学者宜从狂狷起脚，从中行歇脚"，就是这个道理。晚年追悔少时好为高论，或者"激而诋孔"，这只能说明章氏学术思想有所调整，不一定证实他在学术上"放弃了先前坚持门户，不忌'党同伐异'的原则"。先是著《齐物论释》，后又有《菿汉微言》，认可庄子"无物不然，无然不可"的说法，学术上颇有调和汉宋的倾向，如称"汉宋争执，焉用调人？喻以四民各勤其业，瑕衅何为而不息乎？"不过，扬弃汉宋争执与不立门户是两回事。章氏只是承认学术上家数理路不同，各有利弊得失，"疏通知远好为玄谈者"与"文理密察实事求是者"都有其存在价值；而并非主张所有学术不分高低。即便在"操'齐物'以解纷，明'天倪'以为量"时，章氏还是有个限定："苟外能利物，内以遣忧，亦各从其志尔。"（《菿汉微言》）换句话说，倘若外不能"利物"，内不足"遣忧"，此等"伪学术"也就没有存在价值了。

兼求训诂与义理，乃章太炎之超越清儒处，所谓扬弃汉宋争执，不过是个说与不说的问题。以融合"华梵圣哲之义谛，东西学人之所说"自命的章太炎，早就非汉学藩篱所能限制。早年之力主自立门户，与晚年之倾向于调和汉宋，之所以没有根本区别，就因为章氏心目中的"门户"、"家法"，既包括思想体系，也包括学术规则。在思想体系层面上，可以百家争鸣，"各从其志"；而在学术规则层面上，则必须"履蹈绳墨"，不得胡搅蛮缠。其实，在1906年作《诸子学略说》赞赏"古学之独立"时，章氏就意识到这个难题，即如何区分"承受师法各为独立"与"党同门妒道真"（用今天的话说，就是既要有学派又不能闹宗派）。章太炎的答案很简单，却耐人寻味："此说经与诸子之异也。"说经乃"客观之学"，"考其典章制度与其事迹而已"，故必须博览群籍，不能专守一家之说，党同妒真当然不可取；诸子则是"主观之学"，"要在寻求义理，不在考迹异同"，故"既立一宗，则必自坚其说"，尽量避免"调和"与"汗漫"。也就是说，评价说经之学的标准是"实事求是"，而评价诸子之学的标准则是"自坚其说"。说经之学与诸子之学学术思路不同，评价标准也不同，就好像汉宋之学各有长短，不必互相攻讦一样。不过，倘言"义理之学"，确须持通达态度，不得党同伐异；而言"考据之学"（典章制度名物训诂），则有一定之规，不妨讲讲家法绳墨。章氏晚年虽不争汉宋，可仍严守古文家法，一有机会必嘲讽今文经学；至于多次指责疑古思潮和甲骨之学，更显其门户之见甚深。

（五）

　　章氏论学的具体内容当然前后有别，可其"不惑时论"、"立说好异前人"，喜独树一帜自立门户，这一点则是始终未变。这与其性情志趣大有关系。《訄书》第一版上有章氏题词，劈头便是"幼慕独行"四字。这四字可以说是其一生立身处世的基本准则。论学时的自立门户与处世中的特立独行，其实是一回事。不管对章太炎如何评价，其多姿多彩的一生及其特立独行的性格，都给人留下不可磨灭的印象。"时危挺剑入长安，流血先争五步看"（《时危》）这样的气概；"以大勋章作扇坠，临总统府之门，大诟袁世凯的包藏祸心"（鲁迅《关于太炎先生二三事》）这样的壮举，千载之下还会令人感叹不已。高旭《题太炎先生驳康氏政见诗》，其实可移为章氏一生写照：

　　　　拔剑何峥嵘，侠骨磨青天。

不只生死关头，平日立身处世乃至品评古人，都以是否"唯我独尊"、率性而行为尺度。章氏当年之提倡佛教，看中的正是其"自贵其心，不依他力，其术可用于艰难危急之时"。用世如此，论学也不例外，"儒、道、名、法，变易万端，原其根极，惟依自不依他一语"。章氏本人正是以其提倡的"排除生死，旁若无人，布衣麻鞋，径行独往"的侠士气概，纵横驰骋于清末民初的政坛与学界。

在章太炎看来，提倡游侠精神并非只是鼓吹种族革命的权宜之计。早年以独行侠自任，颇多惊人之举；晚年目睹山河破碎，重新阐扬侠士风神，将其作为真正的中国文化精华："中国文化本无宜舍弃者，但用之则有缓急耳。今日宜格外阐扬者，曰以儒兼侠。"（《答张季鸾问政书》）从1900年到1915年，章太炎三作《儒侠》，每次都有大的修订，对侠的理解日益深入，评价也日渐提高。《訄书》初刻本中除考侠之起源及表现外，更断言"天下有亟事，非侠士无足属"。《訄书》重订本则用两句话概括侠在历史发展中的作用与功能："当乱世则辅民，当治世则辅法。"到了编定《检论》，章氏更推盗跖"为大侠师"，与伯夷"贞横虽异，本之一宗也"，"要其主无政府一也"。将伯夷比拟托尔斯泰，将盗跖比拟巴库宁，自是不大妥当；可强调大侠精神不再只着眼于其拯危济难或自我牺牲，而是突出其独尊自贵，否定政府的绝对权威，这点颇有新意。古侠虽有"以匹夫之细窃杀生之权"，不把王权法律放在眼里的倾向，可章太炎受无政府主义思潮影响，更自觉地将个人置于国家之上。认准"个体为真，团体为幻"，章太炎因著《五无论》、《四惑论》。作为对专制统治的抗议，这一思想自有其深刻处，可"无政府"的命题毕竟只是偏激之辞。

有趣的是，借用"无政府"的命题以及道、释的某些观念，章氏重新思考国家与个人的关系，批评法家之"有见于国，无见于人；有见于群，无见于孑"（《国故论衡·原道下》）。从尊重个体自由和人格尊严，反对极权统治角度，章氏进一步肯定自掌正义、放荡不羁，因而"时扦当世之文罔"的游侠，这比单从"救人于危"立论深刻得多。

以此"依自不依他"、"径行独往"的大侠精神治学，自是易于冲决网罗，别树一帜。只是祸福相倚伏，性拙者易于守一家之学，无大成也无大失；才大者则易率其胸臆，无视规矩，汪洋恣肆，徒以新奇矜人。用章氏自己的话说就是"庸者玩物而丧志，妄者纵欲以败度"（《王文成公全书题辞》）。章太炎提倡"以儒兼侠"，目的是让血性之躯高明之士，行侠或论学时"自无逾轨之事"。这是有感而发的，提倡"儒侠相附"，针对的是当时之"新说恣行，而民如麋鹿"（《菿汉昌言》）。章太炎本人历来"径行独往"，立说好异前人与时人；可恰恰是章太炎，晚年往往批评时人之"好为瑰异"。

明清间说经者"人自为师，无所取正"，直到惠栋"以汉儒为归"，学术才走上正轨。如今又是"学者好为瑰异"，轮到章太炎来反"恣为新奇之论"，认定"欲导中国人于正轨，要自今日讲平易之道始"（《历史之重要》）。于世人争奇好异之时，大谈"平易之道"，其实仍是"径行独往"，也可以说仍是"好为瑰异之辞"。

或许，这个大转折时代，本就很不"平易"，反是瑰异之辞更能道出其中奥秘。赞叹也罢，遗憾也罢，此等崇尚瑰异，只能属于那个特定的"始言变法"的年代。后人尽可嘲笑其偏激与浅薄，可其冲决网罗的气魄，自有其魅力。

（六）

在近代中国学界，章太炎是最具传奇色彩、也最有争议的人物之一。早在其生前，有关章氏的各种轶闻，便已广泛流传。尽管如此，搜集既可信（大致而言）又可读的回忆文章，依然不是一件容易的事情。这里除了胡适所说的"绣花针的训练"，更希望略显对于"大刀阔斧"的向往与期待（参见中华书局 1985 年版《胡适的日记》第 273 页）。即想通过本书，呈现我们心目中的"太炎先生"。

有关章太炎的文章，数量甚多，可良莠不齐，据二三手文献敷衍成篇者并非少数。这就要求编者"能鉴定"、"有别择"，方能显出太炎先生的"真精神"。悬此高的，实现起来不易，直到书稿付排，依然颇感遗憾。编书毕竟不同于自家著述，有些设想因"查无实据"，只好放弃。希望在日后的写作中，能填补空隙，并修正若干线条与色彩。

本书分为六辑，大体内容如下。第一辑为"盖棺论定"式文章，所记事实跨越不同时期，可作传记阅读。第二辑为亲友眼中的太炎先生（含两篇弟子记录的自述）。第三、四辑以辛亥为界收录师友及弟子有关章氏生活的回忆文章。晚年讲学苏州单独成辑，除了此类文章数量可观外，更因其未受充分重视，有必要略加渲染。最后一辑乃传奇色彩甚浓的"轶闻"——虽不成系统，且时有舛误，却很能体现太炎先生的性格与才情。

本书是由我和我的学生杜玲玲共同编选的，最后经由夏晓虹君补充并校订。后记的写作，则大体根据我四年前所撰《有思想的学问家》和《自立门户与径行独往》二文改写，特此说明。

文中校例，以〈 〉示拟改之字，( )示拟增之字，[ ]内为衍字。

另外，虽经多方努力，有些作者仍无法查知。因此希望本书文章的著作权所有者通过责编与我们联系，以便奉寄样书及稿酬。

1996年9月于京西蔚秀园

（《追忆章太炎》，陈平原、杜玲玲编，北京：中国广播电视出版社，1997年）

《学术史与规范化》序

　　读过《儒林外史》的人，大概都对"操选政"者没有多少好感。可是，古今中外，无数并非"文章山斗"的马二先生们，仍然乐此不疲。原因很简单，"选本"（并不限于"历科墨卷"）有着巨大的社会需求。读者希望用最少的时间，得到最多的信息或曰审美感受，各式选本因而应运而生。现代出版业的繁荣，与现代人读书时间的锐减，恰好形成鲜明的对照。即便在专业范围内，学者们也都感慨"挂一漏百"，只好借助于文摘或索引；更何况跨专业跨学科乃至知识界共同关注的话题，更是谁也不可能全面掌握。于是，左手糨糊右手剪刀的"选家"，在一片欢呼与谴责声中，雄赳赳地登场了。

　　选本之利与弊，几乎是同样的显豁。以至极高明者，对此也都态度暧昧：很可能评价时又骂又捧，书房里不即不离。现代学者中，完全无视"选本"的存在，从未涉足"选业"的，想来为数不会太多。鲁迅曾提醒研究中国文学者，留意选本的巨大影响，理由是：“凡选本，往往能比所选各家的全集或选家自己的文集更流行，更有作用。”（《集外集·选本》）这里所说的选本，当指得到读者认可因而风行一时甚至流传千载者。其实，选本还有另一种命运，那便是瞬息之间烟消灰灭。另外，不只是文章，各种历史文献思想资料也都有“选本”，其节省阅读时间与缩小读者眼界，功过同样参半。当然，选家手眼有高低、趣味有雅俗，其选本的价值，自然也就不可同日而语。

选别人的文章，寓自己的意见，此乃选家的共同思路。可以批评别人选文不当，却无法吹嘘自己“纯粹出乎公心”。对于选家来说，标榜“客观性”，近乎魔术师的使用障眼法。南北东西，酸甜苦辣，口味千差万别，这才有无数难以互相取代的“唐诗选”。当然，“思想资料”与“文章精华”略有不同，前者的个人色彩可以稍微淡化。也就是说，在论题所及范围内，只要具备某种代表性，即便与编者意见大相径庭，照样入选。以“立此存照”为宗旨，希望呈现的，乃“众声喧哗”，而不是“一家之言”。这就要求编者必须有较为开阔的视野，并且尽可能平等地对待各家各派。

除了着重史料与欣赏文章有别，论古衡今，风格更是迥异。设想选辑古籍时突出奇兵，弄出一大堆谁都没听说的佚文，这种可能性不大；选本的价值因而主要体现在决断去取的眼光与趣味。选录今文则大不一样，资料的广泛搜集，应该占据重要的位置。这既是“扬长”——为后世的研究者保存尽可能丰富的原始资料；

也是"避短"——就像苏轼所说的,"不识庐山真面目,只缘身在此山中。"90年代刚刚走了一半,学界的状态也只能说是"颇有起色",目前根本无法"盖棺论定"。更何况,学者们所表达的良好愿望以及雄心壮志,能否真正实现,还有待历史的考验。基于这一判断,本书的编纂,着眼于保存学术转型期的若干史料,以待后人对照、稽查与评估。

所谓"学术转型",这一提法本身,便带有某种预设,也包含着价值判断。80年代"知识界"与90年代"学术界"的区别(包括这一"命名"的象征意味),不是本文所能承担的任务。不管是"从文化热到国学热",还是"从思想到学术",这些颇具轰动效应的概括,在我看来,都大可怀疑。这里不想仔细钩稽两个十年的内在联系,也无意全面描述后一个十年的学术走向,只是借用孙悟空手中的金箍棒,划一个圈子,以保证"表演"的安全可靠。围绕"学术规则"的讨论来排比资料,与此相关的若干命题,如知识者的自我定位、学术独立意识的浮现、文化保守主义思潮的崛起、国学热之是非得失等,也就只能割爱了。

到目前为止,学界重建规则的努力,大体经历了"学术史提倡"与"规范化讨论"两个阶段。在这中间,民间学刊的出现,起了推波助澜的作用。依照这一思路,本书做了如下编排:以《学人》《中国文化》上关于学术史与学术规则的讨论打头,而以《中国书评》《现代与传统》关于规范化与本土化的争辩殿后。中间作为过渡的，包括90年代学术现象的呈现与描述，以及若干学人的回顾与前瞻。

有两点必须略加说明，一是本书不收史学研究的专业论文，所谓回顾与展望，只是选择若干对90年代中国学术转向有影响的学者的访谈录，而且要求有"前后"或"里外"的呼应与对话。李学勤的《走出"疑古时代"》虽以论文形式发表，实为演讲记录，对话者的存在依然不可忽视。选一篇当年的对话者之一葛兆光的书评，作为事后的呼应。比起专业论文来，"对话"自然不够严谨，会有许多漏洞；但更能体现学术视野与思考深度。尤其对于"学术转型"这一假设来说，这几篇对话或许更有说服力。

"民间学刊"的界定，实在是"只可意会，难以言传"。大体指的是那些并非由政府拨款支持而是由编委会自筹资金并负责编辑，然后交出版机构发行的连续出版物。这些各自独立的学刊，宗旨可能不一，但其注重学术（思想）建设的大思路却相当接近。民间学刊的大量涌现，对于改变90年代中国的学术格局，起了决定性的作用。这里收集了至今仍在出版的近三十种90年代出现的学刊（不包括仅限于发表本单位成果或以专题论文集面世的出版物；但含若干在大陆以外地区出版而又有大陆学者参与制作者）的"发刊辞"或"编后记"，希望能够呈现不同的学术路数与文化姿态。相对于大量年代悠久、发行成功的正式刊物，新近崛起的民间学刊，因其目标明确精力集中，而且锐意革新，可能更代表近年学术发展的走向。只是此类学刊流通不广，搜寻不易，难免有所遗漏。

操选政者，虽有量才授职与衡文定篇之别，但同样需要"权威"，也同样包含"暴力"与"宰制"。以一己之见，决定众多人与文的取舍存亡，自然不可掉以轻心。观察者的自我定位，决定了本书的编纂，更多考虑史料价值，而非文字是否优美、论述是否精当。也就是说，这不是优秀论文选集，而是借以展现 90 年代中国学术走向某一侧面的基本史料。

由论题的直接参与者来选文，好处是深知痛痒所在，缺点则是容易带成见。即便时刻警惕，也很难保证不"滥用职权"。除了在史料的搜集、过滤与整理中，可能淘汰了不少本该存在的声音，更因编者还有撰写长篇序言的特权：别人已经闭口了，你还可以喋喋不休。为了避免"既当球员又当裁判"的嫌疑，明知有许多可以引申发挥的话题，仍然就此打住。

将可能出现的"神思妙语"，留给专业论文。至于本书的序言，只交代编辑事务，不做学术总结。如此压抑编撰者的声音，想来符合"公平竞争"的原则。当然，事情还有另外一面，如此堂而皇之的盾牌，实在便于藏拙和偷懒。

1996 年 3 月 19 日于京西蔚秀园

附记：因外在环境的限制，这册应邀选编的资料集最终没能面世；保存此序言及全书目录，以纪念一个早已消逝的时代。

附：《学术史与规范化》目录

序（陈平原）

一

研究逻辑·学术规范·知识增长（许明）

超越规则（陈平原）

学术与践道（陈维纲）

社会科学中关于问题的问题（龚小夏）

论证过程中论据的真实性和相关性（冯象）

美术史的基本问题和研究方法（汪耀进）

论文的发表——似非学术，仍有规则（阎云翔）

二

人的研究在中国——个人的经历（费孝通）

孔林片思（费孝通）

走出"疑古时代"（李学勤）

关于现代思想史答问（王元化）

编余杂谈（王元化）

治学之路：微观宏观之间——李泽厚先生访谈录（丁一川）

李泽厚答问（《原道》同人）

"谁"的思想史？——与艾尔曼教授对话（汪晖）

什么是没有中国的中国学？——与沟口雄三教授对话（汪晖）

为了文化与社会的重建——余英时教授访谈录（刘

轨心态"（蒋寅）

四

《中国书评》创刊辞

《寻根》缘起

《原道》开卷语

《清华汉学研究》第一辑编后记（葛兆光）

《国际汉学》开卷语

《中国研究》发刊辞（李梁）

《人文中国学报》发刊辞

借鉴、思考、探索——《思想文综》代序（饶芃子）

新《燕京学报》发刊辞（侯仁之）

《华学》发刊辞（饶宗颐）

五

规范化与本土化：当代中国社会科学发展面临的双重挑战（梁治平）

规范化与专业化（张静）

五四思潮与八十年代、九十年代（朱学勤）

对规范的疑虑——从九十年代的学术转向谈起（陈少明）

法学研究的规范化、法学传统与本土化（朱苏力）

形式理性只是必要条件和最低标准（刘东）

学术规范慎言"化"（高瑞泉）

对学术规范化问题的一些哲学思考（童世骏）

《触摸历史：五四人物与现代中国》后记

去年9月，我在中大念研究生时的学长、现任广州出版社副总编辑的王家声来访。茶过三巡，话题逐渐严肃起来，最后竟集中在学术书籍能否"图文并茂"上。老同学见面，无须客套，我当即高谈阔论一番。没想到话音刚落，王兄"拍手叫好"的同时，从口袋里掏出一纸"'鲜活的五四'策划草案"。原来人家是早有预谋，我的出色表现，纯属自投罗网。好在"五四"我有兴趣，"图文"我也有兴趣；至于如何运作，王兄说，一切都好商量。几乎没有多少犹豫，我就将出版社的主动策划，变成自家的研究课题。

说实话，我对出版社咄咄逼人的"策划"，历来抱怀疑态度，认定其必然限制研究者的独立与自由。可这回有点不一样，除了"五四"与"图文"这两个基本要求，出版社不设任何边界。对于王兄以及具体负责此书的小余、小朱的充分信任，我十分感激。从最初设计理论框架与操作规划，到昨日书稿尘埃落定，半年间，思路几经反复，出版社始终给予理解与支持。

对于我和我的研究生来说，五四新文化运动，乃题中应有之义，无论如何绕不过去。让他（她）们借助这部书稿的写作，触摸那段至今仍令人神往的历史，是个难得的好机会。至于如何保证书稿的学术质量，则有赖于夏晓虹君的加盟。相对来说，我更多关注全书的总体设计，各章节的具体写作主要由夏君负责指导与把关。尤其是本书所使用的"老照片"，除出自博物馆及相关图册外，不少是夏君率领学生们在清末民初的书籍与报刊中钩稽而来。倘若不是这一番琐碎而卓有成效的"寻寻觅觅"，本书"复原"历史场景的努力，将大打折扣。费尽千辛万苦，浮现这些视觉效果不甚理想的"历史图景"，主要目的不是为了"好看"，而是希望帮助读者"回到现场"。

在《总说：触摸历史与进入"五四"》的第三部分，我写下这么一段话："没有无数细节的充实，五四运动的'具体印象'，就难保不'一年比一年更趋淡忘了'。没有'具体印象'的'五四'，只剩下口号和旗帜，也就很难让一代代年轻人真正记忆。这么说来，提供足以帮助读者'回到现场'的细节与画面，对于'五四'研究来说，并非可有可无。因而，本书之选择图像与文字相配合的表述方式，不全是为了愉悦读者——也包括对历史研究方法的反省。"这话说来容易，真正实践起来，可是颇费周折。比如，我们曾确定一个原则，不纯从审美角度"插图"，对历史图像的选择，尽可能贴近五四运动这一规定情景；人物照片则大致不出事件前后十年。就是这么一个"简单"的要求，也都让我们费尽心机，而且至今无法完全实现。本书之图文配合，虽远离了时下盛行的"海阔天空"，仍多有不如人意处。

至于借四组人物活动呈现"五四"风貌，并进而强调其对于现代中国历史命运的决定性影响，本书只是"意到"而已，因体例所限，无法深入展开。这点，只好敬请读者谅解。

参加本书写作的诸君，均为北大在读或已经毕业的中国近现代文学及历史专业的研究生。由于特殊的学术背景，各人问学有先后，能力有大小，但都对八十年前的这场运动充满敬意，因而，也都能尽力而为。其中，供职中国历史博物馆的苏生文，在选择照片方面用力甚勤；而现在三联书店工作的郑勇，则为本书的后期制作投入了大量精力。

在本书的写作过程中，我曾带领包括本书作者在内的若干研究生，沿着当年北大学生的游行路线，用将近五个小时的时间，从沙滩红楼一直走到因被学生"火烧"而名扬天下的赵家楼。一路上走走停停，指指点点，不时以历史照片比照或补充当下景象，让思绪回到八十年前那个激动人心的春夏之交。此举说不上有何深刻寓意，只是希望借此触摸那段已经永远消逝的历史。

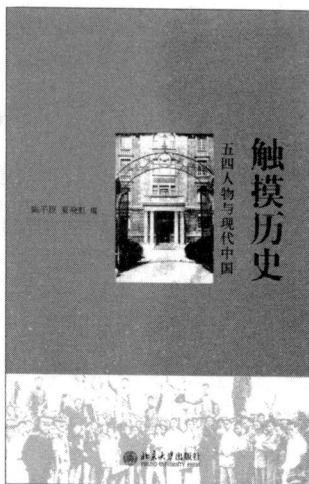

本书的作用，大概也不过如此。

1999 年 3 月 18 日于京北西三旗

（《触摸历史：五四人物与现代中国》，陈平原、夏晓虹编，广州出版社，

1999 年）

《触摸历史：五四人物与现代中国》新版后记

　　十年前，撰写《"触摸历史"之后》（参见北京大学出版社2009年增订版《老北大的故事》）时，火气很大，因那时正遭受"无妄之灾"。好在风波很快就荡散开去，焦点一转移，书没事了，而且还获奖（广东省第四届"五个一工程"奖，2001年），我就不想再多说什么了。

　　自家有病自家知，文章中有一段话，属于自我批评，十年后的今天，仍然必须认真面对："应该说，此书大致实现了我原先的设想，比如说，回到现场、触摸历史、宏大叙事与小品笔调结合、图像与文字互相阐发等。但作为作者，毕竟有自知之明，因时间太紧，未能仔细琢磨，留下不少遗憾。在整体构想上用力较多，而具体章节则颇有不尽如人意者。另外，个别错字，令人难堪，如关于罗章龙那一节，'亢慕义斋'竟被改成了'康慕义斋'，这对于专业研究者来说，是不应该有的错误。至于学术上最大的遗憾，则是图文之间的巨大张力，没能得到很好的发挥。如果只是追求'图文并茂'，还勉强说得过去；可我的愿望是由图文的对峙与互补，引发出更大的思维与阐释空间，这一意图则没有得到很好的落实。相对来说，'总说'部分好些，具体人物部分，大都变成了点缀性质的'插图'。关于图像与文字的关系，我一直很在意，可就是没能找到很好的理论框架与操作方法。"另外，原书第68页左下角那张注明陈独秀的照片有误，还有刘崇佑的图像资料不太理想，以及非常重要的作者之一赵爽姓名的遗漏等，诸如此类的问题，在此次北大版的制作中，得到了某种程度的修补。

毕竟是十年前的著作，而且成于众人之手，无法做大规模的修整，会有一些无法弥补的遗憾。好在"五四"这个话题，常说常新。包括我本人，在《触摸历史与进入五四》（北京大学出版社，2005年）一书中，也都有进一步的发挥。

本书的八位作者均出身北大，仅以此微薄的小书，献给为母校带来无限光荣的五四运动九十周年。

2009年4月1日于京西圆明园花园

（《触摸历史：五四人物与现代中国》，陈平原、夏晓虹编，北京大学出版社，2009年）

《同等学力人员申请硕士学位中国语言文学学科综合水平全国统一考试大纲及指南》后记

本书乃受国务院学位委员会的委托，为即将举行的学科综合水平全国统一考试而作。具体的编撰原则是：在遵循国务院学位委员会有关文件精神的前提下，依据学科的发展及目前中国大学教育的现状，灵活变通，既充分体现本学科硕士学位获得者所必须掌握的基础理论和专业知识，又努力处理好专业覆盖面与突出重点的关系。

全书共六章，涵盖"中国语言文学"专业的六个二级学科。至于"中国少数民族语言文学"以及"比较文学和世界文学"这两个同样十分重要的二级学科，因并非所有的大学都开设相关课程，只好忍痛割爱。

各章的排列顺序，依据的是国务院学位委员会办公室等所编《授予博士硕士学位和培养研究生的学科专业简介》。至于各章所占比例，则是根据我们多年教学实践经验设计的。大致情

同等学力人员
申请硕士学位
中国语言文学
学科综合水平
全国统一考试大纲及指南

国务院学位委员会办公室 编

高等教育出版社
HIGHER EDUCATION PRESS

况如下：文艺学占 10%，语言学占 8%，汉语言文字学占 22%，中国古典文献学占 10%，中国古代文学占 30%，中国现当代文学占 20%。

接受国务院学位委员会的委托后，我们组成了以北京大学中文系教授为主干的专家编写组，经过多次的讨论协商，确定了各章的重点、难点、所占比例、写作策略以及执笔人员等。具体分工如下：北京师范大学童庆炳教授负责第一章"文艺学"的撰写；北京大学王洪君教授负责第二章"语言学"的撰写；北京大学张双棣教授、侯学超教授负责第三章"汉语言文字学"的撰写；北京大学高路明副教授、李更讲师、王岚副教授、漆永祥讲师负责第四章"中国古典文献学"的撰写；北京大学傅刚副教授、张鸣副教授，中国人民大学教授张国风教授负责第五章"中国古代文学"的撰写；北京大学陈平原教授、方锡德副教授、洪子诚教授负责第六章"中国现当代文学"的撰写。

为了保证学术质量，全书完稿后，我们特聘请如下专家予以审定：北京大学刘烜教授，中国人民大学胡明扬教授，北京大学何九盈教授、陆俭明教授、孙钦善教授、孙静教授、钱理群教授、谢冕教授。诸位专家在首肯本书各章的写作的同时，提出了若干建设性的意见。

因时间紧迫，交稿在即，如此责任重大的书稿，未能更从容地写作、更广泛地征求意见，终究有些遗憾。只好寄希望于书出版后，能得到广大读者的批评指正，以便于日后的修订再版。

陈平原

1999 年 11 月 7 日于北京大学

（《同等学力人员申请硕士学位中国语言文学学科综合水平全国统一考试

大纲及指南》，国务院学位委员会办公室编，北京：高等教育出版社，

2003 年）

《中国散文选》后记

三年前的秋冬之际，不知"寒暖"的我，竟贸然与百花文艺出版社签约，为其编选中国散文。当初兴致勃勃，自以为既已撰写过散文史，再编一本散文选，当不难"出新意于法度之中"。几番试探，方才明白"选家"其实不好当——尤其是如此熟悉的题目。除非你愿意因循守旧，那倒确实是"易如反掌"；若想出奇制胜，则绝非易事，真的是"遍地陷阱"。

明白这个简单的道理，为时已晚。不只一次表达"全身而退"的愿望，均被精明的大光兄截断话头，频赠高帽。硬着头皮往前赶，逐渐化"负担"为"动力"。终于有一天，意识到"此中有真意"；很可惜，真的如陶渊明所说的，"欲辨已忘言"。

何谓"中国散文"，以及"中国散文"如何"演进"，此类宏大叙事，均已在《前言》中表述。再美妙的格言，重复两三遍，也都能腻死人，更何况"正襟危坐"的学院派文章。至于选本的思路，"凡例"略有交代，有兴趣的朋友不妨翻翻。

需要补充说明的，有如下四点。其一，此选本忠实于自家眼光，相对忽略历来视为高不可攀的"秦汉之文"，而凸显不大被看好的"明清之文"；其二，将"古代散文"与"现代散文"混为一编，目的是突出中国文章之血脉贯通，并不因"文言"改"白话"而一刀两断；其三，注重文学与学术之间的互相渗透，故选录不少学者的"论学之文"；其四，基于有朝一日古典散文也能为大众所"喜闻乐见"的期待，只录原文，不做注释。

最后一点似乎有些自我矛盾，其实未必。儿时如饥似渴阅读《三国》、《水浒》，从来不看专家的注释，只要有三四成把握，就能吹着口哨连滚带爬一路往前走。并非课程修习，面对有些陌生的"古典散文"，尽可像陶渊明那样，"好读书不求甚解"。人多将陶氏此语理解为"故作谦虚"，在我看来，此乃"高自标榜"——因这才是真正读书人的境界。

闲暇时，愿意拿起文集（不管是苏轼还是张岱），心平气和地"随便翻翻"，感觉多少有所受益，这就够了。至于理解有无偏差，诠释是否合理，其实不太要紧。不是说，"书读百遍，其义自见"吗？

本书若能吸引你进入博大精深的"中国文章"之新天地，则功莫大焉。至于日后你学有所成因而"过河拆桥"、"得鱼忘筌"，乃至为了"驰骋天下"而不得不拿本书当垫脚石，也是"深感荣幸"。

这么一来，对"操选政者"的学识、眼光与趣味，当有更为

严苛的要求。本书能否入方家之眼，作为编者，我实在没把握。

2000 年 2 月 10 日于京北西三旗

（《中国散文选》，陈平原编选，天津：百花文艺出版社，2000 年）

图典版《中国小说史略》后记

一直想为《中国小说史略》做点什么，因为这是我最喜欢的一部学术著作。

家中藏书不少，可惜很多"一入侯门深似海"，一辈子难得与主人我打几回照面。鲁迅的《中国小说史略》自然是个例外。自我问学以来，此书便一直站立在书桌边随手可及的位置。先是撰写若干小说史著时经常参考，后又在"现代学术史"专题课上重点推荐，还曾三次带着研究生逐章细读；再到后来，谈论"作为'文章'的'著述'"，这书又成了最佳例证。

如此名著，时时摩挲之余，不免跃跃欲试，希望能得到一个更完美的本子。先是自告奋勇，想做"笺证本"，将鲁迅以前关于小说研究的成果全都融合在内，做成一学科创立及成长的标本。此举得到庆西兄及浙江文艺出版社、浙江人民出版社的赞许与支持，可几次落笔，均半途地而废——这事绝非我想象的那么简单。只好以"慢工出细活"自嘲，将交稿时间无限期地推后，只要在有生之年完成任务，就不算食言。

将近十年了，与我同样喜爱这书的庆西兄，偶尔还会提及此事。双方都知道，此乃"旧情未了"，故只是相视一笑而已。真没想到，比我还固执的庆西兄，这回又弄出新的花样，硬把《中国小说史略》纳入"图典本"文学名著丛书。我明白其中的意味，这回再也不敢偷懒，紧赶慢赶，总算在最后期限过后不久完成任务。

之所以乐意为《中国小说史略》配图，是深信此举符合鲁迅本人的趣味。想想少年鲁迅之认真临摹小说绣像，中年鲁迅之积极收藏历代画像砖和六朝造像，晚年鲁迅又如何提倡新兴木刻，要求年轻画家们"参酌汉代的石刻画像，明清的书籍插图，并且留心民间所赏玩的所谓'年画'"（《致李桦》），不妨做如下大胆假设：若时间和条件许可，鲁迅先生必有兴趣尝试"图文并茂"的小说史。推测永远只是推测，不过让我狗尾续貂时觉得比较心安而已。至于认定鲁迅也对"图文并茂"有兴趣，除了《连环图画琐谈》等文的精彩论述，还可举个具体而微的例子，《〈朝花夕拾〉后记》之来回穿梭于图像与文字之间，足见鲁迅驾驭此道的本领。而为了撰写此文，鲁迅先生可没少花工夫，还专门请常惠、章廷谦等人协助搜集图像资料。

与鲁迅合编《北平笺谱》的郑振铎，倒是有《插图本中国文学史》传世。郑先生是藏书家，而且热爱版画艺术，做起"插图本"来，自是得心应手。"中国文学史的附入插图"，具体途径是"把许多著名作家的面目，或把许多我们所爱读的书本的最原来的式样，或把各书里所写的动人心肺的人物或行事显现在我们的面前"。此举的作用，正如郑先生所表白的，"这当然是大足以增高读者的兴趣的"（《插图本中国文学史·例言》）。我同意郑先生的思路，只是考虑到"著名作家的面目"乃历代画家"遥想千古"的产物，审美意义远大于认识价值，故没有依样画葫芦。其余的，如书影和绣像，理所当然成了我为《中国小说史略》"插图"时的基本素材。

应该说，为小说史配图，是比较容易讨好的。因明清两代画家／刻工的努力，小说绣像颇多精彩之作。正因有此便利，读者很可能对本书有更高的期待。而我的工作原则是：尽可能让图像跟着文字走，贴近鲁迅的论述本身，不做太多的发挥。也就是说，配图的目的，主要不是为了好看，而是帮助读者理解并接近原著。这么一来，许多精美的图像用不上，因鲁迅并未论及；也有论及而无合适的图像资料的。当然，受个人眼界及精力的局限，遗珠之恨，在所难免。

从90年代以来，我一直在思考图像与文字之间的关系，也做了若干尝试。如借助照相、石印、版刻所提供的丰富的图像资料，在某种程度上复原早已消逝的历史场景与文化氛围，帮助当代人进入历史，以便更好地理解与阐发"传统"。这次有机会为鲁迅的

著作配图，深感荣幸之余，希望还能促使自家的研究"升级换代"。

2000年7月3日于北京西三旗

（图典版《中国小说史略》，陈平原配图，杭州：浙江文艺出版社，2000年）

《图像晚清——点石斋画报》后记

此书的编纂，从宗旨与方法的确立，到具体图像及所配文字的选择，乃二人多次商谈的结果。视野及趣味的接近，并不妨碍合作时略有分工：配文以夏为主，前言则陈优先。但不管是配文的选择还是前言的撰写，都不是一个人说了算。

如在平日，此乃常态，没什么好说的。不巧的是，这两年，正好是我们最为"动荡不安"的时期，一长期讲学国外，一不时游走四方。虽也有过好几回你来我往，聚首的时间说来也不算太短，但对于需要时时协商的"通力合作"来说，毕竟是一个缺憾。

幸亏有了极为便捷的通信方式——电子邮件，否则，本书能否顺利完成，很值得怀疑。晚上发一"妹儿"，让对方查书，明天就可得到满意的答复。某个论断没把握，希望对方帮助斟酌，运气好的话，半小时后便有回音。如此"公私兼顾"，实在是托现代科技的福。

对于读者来说，书是怎么写的，其实无关紧要。借用钱锺书的妙喻，理想的食客，只问鸡蛋味道如何，而不追究是哪只鸡、在何种状态下、以什么方式生产的。一想到这种目光如炬、嘴角常挂着一丝冷笑的智慧型读者，任何序跋文字均属多余。

好在"后记"的功能，除了"时间太紧"、"情绪欠佳"等推脱之词，"前无古人"、"填补空白"之类自我吹嘘，还有无关评价高低的絮语与闲话。说白了，那是写给自己的文字——作为当事人，珍惜即将逝去的光阴，不免常有留存雪泥鸿爪的冲动。

就拿我们来说，若干年后，大概不会满足于今日之劳作，但永远怀念这一虽无鸿雁、也常传书的过程。

因一己之私心，略有摇曳，敬请读者原谅。

又，《点石斋画报》原图文字的录出，系由姜东赋等人承担，特此致谢。

2000 年 11 月 14 日于海德堡

附记

11 月 27 日最终修订完全稿，正拟托次日回京的友人带交编辑，当日傍晚即得到妈妈病逝的消息。这不算意外仍感突然的噩耗，使我成为书稿的自行携带者。我不知道书是否真的比人长寿，但我希望妈妈能接受这份微薄的献礼——
谨以此书寄托我对妈妈永久的怀念。

夏晓虹

2000 年 12 月 2 日于京北西三旗

（《图像晚清——点石斋画报》，陈平原、夏晓虹编注，天津：百花文艺出

版社，2001 年）

《图像晚清——点石斋画报》新版后记

这是一本流传颇广且学界评价很不错的老书。基本情况如下：
2001 年 8 月百花文艺出版社刊行初版，同年 11 月第二次印刷；
2006 年 4 月百花文艺出版社又推出此书的"珍藏本"，2007 年 4
月第二次印刷。以我对中国读书人的了解，这样不怎么通俗的书
籍，发行近两万册，已经够了。没想到出版社告知，近年不断有
读者寻觅此书，因此值得重新制作。犹豫再三，最终还是听从了
责任编辑的劝告，让"老树"再开一回"新花"。

不是每棵"老树"都有机会、或者说都有能力开出"新花"

来的。谈"机会"，乃读者及出版社所赐；说"能力"，那是因原刊本留下若干遗憾。

　　初版本删去了每幅图后面的"甲一"或"乐十"等标明期数的文字，那本是用来与附录的《〈点石斋画报〉各号刊行时间表》相对照，以确定每幅图的发表时间的。删去了这些蕴含着历史信息的文字，本意用来"阅读晚清"的"画报"，也就成了鉴赏图像的"画册"了。发现错误后，出版社赶快印制了夹页，稍作弥补。第二次印刷时，总算回到正确轨道。可没想到，制作"珍藏本"时，又出现了一次轮回，出版社选用的底本竟然是未经修正的初版；

直到第二次印刷，才在编注者的催促下改正过来。对于普通读者来说，知道这些图文来自《点石斋画报》（1884—1898）就行了；可对于专业读者来说，知不知道某幅图文刊发于某年，意义是不一样的。此书希望兼及大众与专家，否则分类选图即可，没必要花那么多时间寻找相关历史资料。说实话，后者才是我们真正用心、用力之所在。抹去了历史信息，泯灭了这些图像与文字、档案与诗文、历史与虚构、叙事与议论之间的巨大张力，则此书的价值将大打折扣。

《导论》中有这么一句话："在《点石斋画报》四千幅图像中，'拟摘取其关于生活状况者'一百六十幅，再加以阐释与补充，这种工作策略，既符合美查等编者注重时事与新知的初衷，也可为史学研究打开一扇奇妙的小窗。"除非是特别细心的读者，一般人不会发现其中小小的瑕疵。四个不同的版本，都只收录了一百五十九幅图文，其中一幅因牵涉敏感话题，终审时被删去。第一辑"中外纪闻"，在《伏阙陈书》之后，原本有讲述"台湾绅民送民主国总统印信至抚署之图"的《海外扶余》。甲午战败，清廷割让台湾，台湾军民不愿当亡国奴，奋起抗争，成立了台湾民主国，这是历史事件，本无可忌讳。但审查者认定此图文"政治不正确"，担心引起现实联想，强令删去。此次补上这一则，可成完璧，也算对得起这段历史。

图书出错，也有我们自己的问题。导论《以"图像"解说"晚清"》注释第三十提及《论画报可以启蒙》，称其刊发于《申报》1898 年 8 月 29 日，其实应该是 1895 年。而这牵涉到文中两段文字，须略加修订，方才能自圆其说。这个漏洞，一直到"珍藏本"第二次印刷时才改正过来。

查阅我电脑里保存的《〈图像晚清〉后记》，发现夏晓虹 2000 年 12 月 2 日撰写的"附记"，在各种刊本中都没有出现，不知原因何在。这不是意识形态问题，估计是技术故障。"11 月 27 日最终修订完全稿，正拟托次日回京的友人带交编辑，当日傍晚即得到妈妈病逝的消息。"有没有这段话，不影响读者对本书的理解；可对于编注者来说，却是刻骨铭心的痛楚。那年我在德国海德堡大学、夏晓虹在日本东京大学，都正忙于教书与著述，没能照顾病中的母亲。这种愧疚的感觉，借"附记"留下些许痕迹，虽是私事，也请读者谅解。

这回刊行的新版，还有一个大的变化，那就是不再"千里走单骑"，而是"双剑合璧"。同样是《图像晚清》，分成上下两册，上册专谈《点石斋画报》，下册则是"《点石斋画报》之外"。如此点面结合，以便更好地呈现晚清画报的基本面貌。二书体例有很大差异，但兼及雅俗的思路没有变化；至于普及本，参见贵州教育出版社 2000 年版《点石斋画报选》，专业论述则有香港三联书店 2008 年版《左图右史与西学东渐——晚清画报研究》——后者正加紧补写若干章节，希望明年在生活·读书·新知三联书店推出"焕然一新"的修订版。

2014年4月9日于京西圆明园花园

（《图像晚清——点石斋画报》，陈平原、夏晓虹编注，北京：东方出版社，

2014年8月）

《新世纪中国大学生（文科学士）毕业论文精选精评·文学卷》序言

　　二十年前的初春时节，恢复高考制度后招收的第一届大学生完成学业，意气风发地走出校门。基于社会上对77级大学生的殷切期望，也为了方便学弟学妹们的借鉴参考，精明的浙江文艺出版社适时地推出了颇受欢迎的《全国大学生毕业论文选编》。我因有幸跻身其间，从此与该社"结缘"；就我所知，有类似经历的文学批评家，还有好几位。记得提出创意并实际操作此事的，是同属77级中文系毕业生的李庆西兄。限于规定的业务范围，加上那时"文学"格外热门，出版社于是"大题小作"。

　　二十年间，不知有无类似选本问世，只晓得轮到我应邀上阵，发现真的是鸟枪换了大炮。单是将收录范围扩大到人文、社科各专业领域，已令人耳目一新；更何况还有指导教师的精彩点评。作为"第一读者"，我确实是将学生论文和教师的点评对照着阅读，而且津津有味。学生的才华固然让我惊叹，教师们的眼光也是我

新世纪中国大学生(文科学士)

毕业论文精选精评
文学卷

陈平原/主编

西苑出版社
XI YUAN PUBLISHING HOUSE

认真琢磨的对象。论文由各大学负责推荐，有遗珠之憾，在意料之中；我关注的是，这种推荐背后，隐含着一所大学的趣味，即什么才算是值得推荐的"好文章"。在这个意义上，借此书窥探各著名大学的教学特征与治学风格，当非"无稽之谈"。

说实话，原先我对稿件不抱太大的希望——硕士、博士论文尚且不尽如人意，更何况初出茅庐的大学毕业论文？当年77级大学生之所以引人注目，除了恰逢大转折的年代，年轻人思想活跃，容易"出彩"；还有一点是，这届学生大都经历过上山下乡的磨炼，而相对丰富的人生阅历，对于人文学者来说不无好处。这一特殊年代留下的"胎记"，没必要过多惋惜，可也不值得称羡。比起二十年前的"大"学生来，如今刚二十出头的本科生，当他们撰写毕业论文时，会不会显得"嫩了点"？我的这一不无私心的"先入之见"，随着阅读的展开而逐渐烟消云散。

比起我们念书时的"百废待兴"，今日中国学界，已经完成了艰难的自我蜕变，进入顺畅的常规建设时期。受过良好专业训练的大学生们，借毕业论文凝聚并展示其四年求学的心血，该是十分吃紧的事。可读这册论文集，感觉学生们写作时心态很轻松，放得开，收得拢，全然没有我们当年的拘谨，也不像硕士、博士论文那么凝重。不好完全归因于时代风气，或许与各大学对三级学位论文的定位有关——比起日后继续深造时必须完成的中规中矩的硕士、博士论文来，本科生因尚未真正"专业化"，其毕业论文不妨"逞才使气"，故容易"不拘一格降人才"。如两种版本《西厢记》插图的比较，或网络语言现象的分析，此类游走于学科边界的新课题，即便对研究生来说，也都是很有挑战性的。而且，此类课题原有的知识积累不足，作为硕士、博士论文来经营，危险系数大，反而可能被有意回避。学术研究同样需要新鲜感，如何在严格训练与灵活变通之间保持"必要的张力"，对于教育者来说是个必须面对的难题。看着大学生们百无顾忌，轻装上阵，煞是羡慕。

艺术感觉好，思想活跃，蔑视陈规陋习，这些都在意料之中，符合当下年轻人的共同趣味。问题在于，大学生之撰写专业论文，与讲求文字华美、立意正确的中学作文几乎"不可同日而语"。这里注重的是学术训练，包括科学发现的能力与思想表达的技巧。而其中最重要的，莫过于学术思路的确立，提出问题的方式，以及推进论证的过程。而所有这些，都靠长期的积累与磨炼，而不可能一蹴而就。像讨论3世纪以来"孔明秋风五丈原"情节之变迁，或者清中叶至民国北京地区俗曲的变化，选择如此视野开阔的论题，很能显示学生的眼界与雄心。至于具体论述时因学养的限制而无法做到游刃有余，问题并不大，关键在于路子是否走得正——做学问是一辈子的事，大学毕业论文只不过是"万里长征走完第一步"。

常听老一辈学者强调，做学问必须"好学深思，心知其意"。作为一种个人修养，这是很高的精神境界；但如果进入学术流通，还必须添上同样古老的"言之无文，行之不远"。有学问，而又善于表述，方能成就一番事业。长期从事专业研究者，很容易失去对于文字的感觉；像章太炎、鲁迅那样将"论著"作为"文章"来经营的，毕竟是少之又少。偶有因"文人积习"，不小心落入"以文害意"陷阱的，更是提醒学界同人"不求有功，但求无过"。还是初生牛犊不怕虎，看大学生们谈论中国当代文学中的"诗人小说"，或者分析"徜徉在真实与虚构中的赛金花"，其述学文字之精美，令人叹为观止。借用指导教师的点评："更兼文采斐然，妙语连珠，读来令人兴味盎然。"当然，这种带有强烈主观色彩的论述，如果处理不好，也会留下不小的遗憾。比如谈论池莉的那一篇，行文以及注释随意性太强，削弱了内在的逻辑力量，实在有点可惜。首先是"准确"，而后才追求"生动"，这可是学术论文的体式决定的。

做学问没有灵气不行，单靠灵气更是万万不行。比起具体的论文高低来，我更看好大学生们通过写作而获得的治学经验与独立研究能力。在一个全社会普遍倾向于"浮躁"的年代，养成纯正的学者气质，比习得具体的技能要重要得多。本书所收论文，水平确有高低，但绝少投机取巧，也不曾生拉硬拽，甚至基本上避免了时下流行的"卖弄"与"做作"，这点很不容易。在这个问题上，各大学主持选文的教授们，似乎是心有灵犀一点通。

2002 年 3 月 21 日于京北西三旗

（《新世纪中国大学生（文科学士）毕业论文精选精评·文学卷》，陈平原

编，北京：西苑出版社，2002 年）

《普通高中课程标准实验教科书·中国小说欣赏》前言

　　中国小说？不就是《三国》、《水浒》、《西游》、《红楼》嘛，大不了再加上鲁迅，我们早就读过了。没错，现行的初高中语文课本里，确实选录了不少古今小说的片断；至于兴趣广泛的同学，更可能通读了这些名著。即便如此，你可曾在"中国小说"的整体框架下，认真阅读、品味、思考这些传世之作？如果没有，你依然有必要选修这门课程。

　　说"整体框架"，实在有点吓人，而且有"刻意追求语文知识的系统和完整"之嫌。其实不是的。作为读物的小说，本身有很强的趣味性，不待老师讲授，你都可能自行阅读。现在的问题是，如何把你平日里东翻翻、西看看所获得的零星感受，稍稍归拢，形成某种比较系统的印象（或者说"知识"）。对于很多同学来说，中学毕业后，很可能就此告别这"作为课程"的语文，或走上社会，或转而专攻理工医农等专门学科。在此之前，了解一下中国小说的大致特征以及发展脉络，以备日后自修之用，不无好处。

作为选修课，本书必须与现行的高中语文课本相衔接。考虑到此前你已经修习了不少短篇小说和长篇小说的片断，本书转而关注作为整体的中长篇以及短篇小说集。比如，鲁迅的短篇小说十分精彩，可初高中语文课本多有选录，这回就不再重复了。本书不是"中国小说简史"，选文及论述时，有古今，有雅俗，也有长短，目的是让你了解中国小说的"大致模样"。经典性与可读性的平衡，始终是我们考虑的首要因素。至于历史线索，只是隐约呈现，并不要求同学掌握。

除了母语教学、人文内涵、艺术技巧等，我们更关注"阅读快感"——读小说，如果味同嚼蜡，那将是极大的失败。不同于精读教材，作为选修课的《中国小说》，需要比较开阔的视野，更需要契合同学们的阅读趣味。这方面的努力，包括突出切近你我日常生活经验的现当代小说，以及容纳趣味性很强的武侠小说等。当然，这些都只是尝试，能否调动同学们的积极性与自主性，达成所谓"有创意的阅读"，还有待时间考验。

本书共十章，每章讨论了三部重点作品。若通过这门课程的修习，你真的对三十部优秀的中国小说有所了解，这已经是了不起的成绩。至于作为理论背景以及划分章节依据的小说类型，老师不讲授，你更不必深究。不管是已经成文的"奇文共欣赏"，还是有待你我积极参与的"疑义相与析"，都指向具体作品的解读。

换句话说，帮助同学们更好地欣赏中国小说，是本课程的最大目标。

参加本书编写的，分别是郑志良、李静、赵爽、杜新艳、张治、张丽华、林分份、葛飞、季剑青等（按所写章节顺序排列）。我谨代表他们，对人民教育出版社的信任，以及参加审稿工作的诸位老师的指正，表示衷心的感谢。

2004 年 11 月 29 日于京西圆明园花园

（《普通高中课程标准实验教科书·中国小说欣赏》，陈平原主编，北京：

人民教育出版社，2005 年）

《胡适论治学》导言

在中国现代学术思想史上，没有人比胡适更喜欢"介绍我自己的思想"了。少年得志，万众瞩目，再加上身处社会（知识）转型期，"先知先觉"的适之先生，于是再三强调"我要教人一个思想学问的方法"。这"科学方法"说来很简单，"只不过'尊重事实，尊重证据'"；或者可以概括为"大胆的假设，小心的求证"十个字[1]。从1919年撰写《清代学者的治学方法》，到1952年在台湾大学作题为《治学方法》的连续演讲，胡适几十年金针度人，都是在"假设与求证"上做文章。"一以贯之"的好处是旗帜鲜明，以至今人一提到"科学方法"，似乎便带上胡记的痕迹；褒贬暂且不论，单是一般读书人的这一最初印象，便足证胡适的成功。当然，这种高度化简因而便于传播和接受的"科学方法"，从一开始提倡就受到不少专家的质疑。正因为如此，半个多世纪以来关于胡适

---

[1] 胡适《介绍我自己的思想》，《胡适文选》，上海：亚东图书馆，1930年；《治学的方法与材料》，《新月》第1卷第9号，1928年11月。

学术功过的争论，往往围绕其"科学方法"展开。

胡适一生所写的"注重学问思想的方法"的文章，据说总数约在百万言以上。这种统计当然是依照胡氏本人再三表白的，将其"用偷关漏税的方法，来做讲学问的方法的"小说考证包括在内[1]。1921年《胡适文存》首版，胡氏首次强调其各式各样的讲学文章，都可做方法论文章读，因"我的唯一的目的是注重学问思想的方法"[2]。晚年回首平生，胡氏依然提醒读者注意其著书立说均围绕"方法"打转，故"'方法'实在主宰了我四十多年来所有的著述"[3]。只是胡适在金针度人时，有时指的是思想原则，有时指的是治学方法，有时又力图把这两者结合起来。

胡适自述思想，总是强调赫胥黎和杜威的影响。前者的怀疑主义以及"拿证据来"口号，使其得以展开对中国传统思想文化的全面批判；后者的思想五步法，使其提出名扬四海的"大胆的假设，小心的求证"。可是，作为一种思想原则的"怀疑"与"评判"（相对于"迷信"与"盲从"），乃五四新文化运动的基本立场，不一定跟赫胥黎挂得上钩。连胡适论述"新思潮的精神是一种评判的态度时"，引述的也是尼采的"从新估定一切价值"[4]。所

[1] 胡适《治学方法》，《胡适研究丛录》285页，北京：生活·读书·新知三联书店，1989年。

[2]《〈胡适文存〉序例》，《胡适文存》一集，上海：亚东图书馆，1921年。

[3]《胡适口述自传》105页，北京：华文出版社，1992年。

[4] 胡适：《新思潮的意义》，《胡适文存》一集卷四第163、153页。

谓摆脱古今中外的偶像，防止被各式各样权威"蒙着眼睛，牵着鼻子走"，撇开具体语境及针对性，这只是新文化人普遍认可的怀疑精神；胡适的特出之处是把"做学问的方法"与"做人处事的态度"结合起来[1]。"把态度和方法连在一起说"，强调"科学心态"（scientific attitude mind）和"思想习惯"（habit of thought）的重要性，这点杜威、胡适师徒一脉相承[2]。不过，胡适之得以在中国思想学术界独树一帜，主要还是归功于其将杜威"思维术"与清人考据学巧妙地结合起来，弄出一套对于中国社会简直是"对症下药"、因而极其容易推广运用的"科学方法"。专家们尽可指手画脚说三道四，可"大胆的假设，小心的求证"作为这一科学方法的通俗表述，仍然不胫而走，成为上世纪中国最响亮的学术口号。

讲了一辈子"科学方法"，可根基在1919年——那一年将作为胡适的"方法年"进入史册，此后的无数文章都不过是在此基础上引申发挥。年初出版的《中国哲学史大纲》卷上和年底发表的《新思潮的意义》，都涉及一点"科学方法"（比如"评判的态度"或"审定史料之法"）；可正面展开论述的当推《实验主义》、

---

[1] 胡适在《介绍我自己的思想》中将"寻求事实，寻求真理"的"科学精神"，"只认得事实、只跟着证据走"的"科学态度"，以及"大胆的假设，小心的求证"的"科学方法"三者并存陈说，作为其"教人一个思想学问的方法"的具体内涵。

[2] 参阅周策纵《胡适风格——特论态度与方法》（《传记文学》1987年3期）所录胡适答周氏问"态度"信，以及对杜威《怎样思想》（*How We Think*）1910年初版本和1933年修订本如何论述"态度的重要"的介绍。

《少年中国之精神》《论国故学》和《清代学者的治学方法》四文。正是在这四篇文章中，胡适把杜威的思维术和清代的考据学做了成功的"嫁接"，为日后大张旗鼓"整理国故"准备了有效的理论武器。

杜威论思想，分作五步说：疑难的境地；指出疑难所在；假设解决方法；决定何者有效；证明。这五步中，关键在第三步，故"杜威一系的哲学家论思想的作用，最注意'假设'"[1]。随着胡适的兴奋点逐渐从介绍杜威思想转为提倡科学方法，"假设"与"求证"的位置发生微妙的变化。先是思想五步法被化简为重事实、重假设和重验证的科学方法三要旨，强调的是一切理想学说在未经验证之前，"都只是待证的假设"[2]。这一程序的转换，跟其时注重怀疑、反叛权威的"新思潮"相吻合，且便于与胡适别有会心的考据学接榫。果然，在《论国故学》中，胡适表彰清儒的考据"暗合科学的方法"，今后的任务只是如何"把'汉学家'所用的'不自觉的'方法变为'自觉的'"。清儒"有'科学'的精神"，在胡适看来，此乃"中国学术史的一大转机"。除了赞扬其实证精神外，胡适当然也不会忘了指出汉学家"很能用假设"。于是，清代学者的治学方法，经过一番杜威思维术的洗礼，就成了如下两点：

---

[1] 殷海光《论"大胆假设小心求证"》，《思想与方法》第158—159页，台北：文星书店，1964年。

[2]《少年中国之精神》，《少年中国》第1卷第1期，1919年7月。

（1）大胆的假设，（2）小心的求证。假设不大胆，不
能有新发明。证据不充分，不能使人信仰。[1]

从"最注意假设"到"大胆假设小心求证"，再到后来提出的不二
法宝"拿证据来"[2]，胡适对"科学方法"的理解与阐扬，越来越偏
向于实证。

这种误读，与胡适本人的学术根基在文史考据大有关系。早
在接受杜威思维术或赫胥黎的存疑主义之前，胡适就对清人的治
学方法感兴趣。《藏晖室札记》中记载早年考据文章的试作以及
中外考据学思路的比较，都明显体现乾嘉学术的影响。杜威对有
系统思想的分析，使得胡适加深了对科学研究基本步骤的理解；
更重要的是，这让他悟出现代科学法则与古老中国的考证学在内
在精神上是相通的。这一东西方治学方法原本一致的发现非同小
可[3]，它既使胡适终生服膺的"科学方法"得以广泛传播，也使杜
威的思维术和赫胥黎的怀疑说进入中国时几乎毫无阻力。借助于
清儒家法来引进杜威和赫胥黎，这种东西合璧的"科学方法"，自
然只能以其最小公约数"实证"为根基。

世人总是假定留学生长于西学而短于中学，归国之初，胡适

---

[1]《清代学者的治学方法》，《胡适文存》一集卷二第216、220、242页。

[2]《存疑主义》，《努力》第23期，1922年10月。

[3]参阅《胡适口述自传》107—108页。

喜谈考据，或许不无策略的考虑。这无疑是一着高棋，没人因此怀疑胡适对西洋哲学是否真的精通，只顾赞赏其"能兼治'汉学'"。蔡元培序《中国哲学史大纲》，首先指出的正是胡适的"禀有'汉学'的遗传性"；而梁启超著《清代学术概论》，更断言其"亦用清儒方法治学，有正统派遗风"[1]。前辈名流的褒扬，使得新秀胡适迅速在学界站稳脚跟，可无形中也为其塑造了新旧兼通、少年老

---

[1] 蔡元培《〈中国古代哲学史大纲〉序》，《中国哲学史大纲》卷上，上海：商务印书馆，1919 年；梁启超《清代学术概论》，《梁启超论清学史二种》第 6 页，上海：复旦大学出版社，1985 年。

成的形象。为了满足这种社会期待，暴得大名的胡适自觉不自觉地日渐"汉学化"。别人犯点常识性错误问题不大，他胡适必须字字言之有据，免得留下千古笑柄。成为学术明星后，胡适治学日趋严谨，不大敢像早年那样"乱发议论"。30年代还有些"小胆的假设"（如关于《醒世姻缘传》作者的考辨等）[1]，40年代后则基本上只从事"小心的求证"。

自认有"历史考据癖"的胡适，愿意为庐山的一座塔费几千字的考据，或者为一部《水经注》的版权花二十年的工夫[2]，这本无可非议。就像胡适致赵元任信中表示的："我还在玩我的《水经注》"[3]。既然是"玩"，全看个人兴致，旁人实在无权说三道四。只是由于胡适领袖群伦的特殊地位，连"玩考据"也得说成是学界的头等大事，这可就勉为其难了。晚年胡适花许多笔墨为自家研究《水经注》案辩解，可越说越不清楚。这也是名人的悲哀，公众的期待成为一种沉重的负担：学界领袖胡适既不敢"大胆假设"，又无权只是"小心求证"。

---

[1]《治学方法》中称其"《红楼梦》自传说"是"小胆的假设"，而关于蒲松龄著《醒世姻缘传》的猜测才是"大胆的假设"（《胡适研究丛录》第283、287页）；在我看来，二者刚好相反。

[2] 参阅胡适的《庐山游记》（《新月》第1卷第3号，1928年5月）和《〈水经注〉考》（《胡适研究丛录》）。胡适屡言"治《水经注》五年"，研究者则认定胡生命最后二十年的学术兴趣，重点在考此《水经注》案。参见费海玑《胡适著作研究论文集》，台北：台湾商务印书馆，1970年。

[3] 录自《胡适之先生年谱长编初稿》第2029页。另，胡适晚年屡次提及做考证文章"好玩"，可见"玩我的《水经注》"，并非一时戏言。

20 年代著《戴东原的哲学》，胡适明显重"通核"而轻"据守"。承认"清儒治学最重立言有据"乃是其"绝大贡献"，可不忘强调"心知其意，而一时寻不着证据"时，"不妨大胆提出假设，看他能不能解决困难，能不能贯串会通"[1]。这种"通核之学"，必须有一点"高远的想象力"，非只"勤谨和缓"四字诀所能囊括[2]。30 年代中期胡适曾批评罗尔纲《清代士大夫好利风气的由来》一文"题目根本就不能成立"，因"我们做新史学的人，切不可这样胡乱作概括论断"。胡乱作概括论断当然不可取；可坚执"有几分证据说几分话"，只能回避文献考订之外的所有"假设"。六天后胡适再次去信，其中一句话或许有助于我们对其心境和思路的理解：

> 凡治史学，一切太整齐的系统，都是形迹可疑的，因为人事从来不会如此容易被装进一个太整齐的系统里去。[3]

这话太像陈寅恪此前几年对其《中国哲学史大纲》的批评——"其言论愈有条理统系，则去古人学说之真相愈远"[4]，以至于令人怀疑二者之间有某种内在的联系。即使这只是巧合，30 年代日渐专业

---

[1]《戴东原的哲学》第 121 页，上海：商务印书馆，1927 年。

[2] "想象力"见《国学季刊发刊宣言》；"四字诀"参阅《论治学方法——给王重民的一封信》、《致陈之藩》和《〈水经注〉考》。

[3] 参阅罗尔纲《师门辱教记》第 49—53 页，桂林：建设书店，1944 年。

[4] 陈寅恪《金明馆丛稿二编》第 247 页，上海古籍出版社，1980 年。

化的学术界，对胡适"高远的想象力"造成的压抑，几乎是不言而喻的。学术研究进入常规建设阶段，不像"五四"时期到处是吓人的"大假设"和"大结论"；加上学界群雄并起，很难再允许谁独领风骚。胡适深知其中利害，治学时不免如履薄冰。

余英时曾指出兼长考证与义理的戴震，"对来自考证派方面的批评的敏感在他的心理上造成了高度的紧张"；胡适似乎也有类似的表现。只是深爱义理的戴震，"时时有'超越的冲动'，不甘心训诂字义自限"[1]；而以哲学为职业的胡适，则逐渐丧失提出"假设"的能力和愿望，陶醉于真能"拿证据来"的考据之学。这一点，胡适不如他为之辩诬的前辈先贤，也有违早年超越汉宋、会通中西的学术初衷。不过，倘因此认定胡氏的学术功过主要在考据[2]，则又言过其实。在我看来，尽管胡适的"历史考据癖"吸引过无数青年学子，其"拿证据来"的口号也曾响彻云天，但胡适对中国现代学术的贡献，仍以早年的"大胆假设"为主[3]。

---

[1] 余英时《论戴震与章学诚》第 102 页，香港：龙门书店，1976 年。

[2] 如冯友兰在《三松堂自序》（北京：生活·读书·新知三联书店，1984 年）中指出：胡适的《中国哲学史大纲》"既有汉学的长处又有汉学的短处"（223 页）；余英时的《中国近代思想史上的胡适》（台北：联经出版公司，1984 年）也认定："胡适学术的起点和终点都是中国的考证学"（72 页）。另外，上世纪 50 年代中国大陆的"胡适批判"，其中一个重要项目便是其考据学方法（参阅生活·读书·新知三联书店出版的八辑《胡适思想批判》）。

[3] 在拙著《中国现代学术之建立》（北京大学出版社，1998 年）第五章"作为新范式的文学史研究"中，我曾详细论证"胡适研究中国文学史的基本思路，或者说其主要假设，不外乎'双线文学观念'、'历史演进法'和《红楼梦》自传说'；再就是孕育和推广这些'假设'的'文学革命'和'整理国故'"。

胡适终生提倡"拿证据来"，而且称其为"不单是研究史学的精神，更是伦理、道德乃至于宗教家的精神"[1]。早年靠这一口号"截断众流"，撰写中国哲学史时从老子、孔子讲起，一时石破天惊；成名后也因这一口号"作茧自缠"，不敢再挥动"开山斧"，只顾摆弄自家喜欢的"绣花针"[2]。这就难怪，其扬名立万的《中国哲学史大纲》和《白话文学史》，永远只能是"卷上"了。真是"成也萧何，败也萧何"。

记得熊十力和吕思勉都曾称道五四运动后胡适提倡科学方法的意义，但又担心世人过分迷信方法；因为，对于读书人来说，不讲门径不行，太讲门径同样有问题[3]。在《超越规则》一文中，我曾对熊、吕二说做了如下发挥："读书讲门径没错，错在以为有了'科学方法'，就可以'不甚下切实工夫'。治学讲方法守规则，容易入门上路；可万事都是'纸上得来终觉浅'，别以为识得门径就能做出大学问。有时候'门径'还真误人，'野狐禅'虽说狂放，背地里其实心虚；而讲门径者以为得真传，学统在此，不免

---

[1] 参阅胡颂平编《胡适之先生年谱长编初稿》第2378页，台北：联经出版公司，1984年。

[2] 1922年初，胡适对自己撰写并出版了《章实斋先生年谱》甚是得意，在日记中写下这么一段："用大刀阔斧的人也须要有拿得起绣花针儿的本领。我这本《年谱》虽是一时高兴之作，他却也给了我一点拿绣花针的训练。"（《胡适的日记》第273页，北京：中华书局，1985年）

[3] 参见熊十力《纪念北京大学五十年并为林宰平祝嘏》，《十力语要初续》第17页，台北：洪氏出版社，1977年；吕思勉《〈经子解题〉自序》，《论学集林》第209页，上海教育出版社，1987年。

刚愎自用，更难得'大器'，一入歧途便不可救药。"[1]十多年过去了，重读旧文，我不改初衷——尤其是编订《胡适论治学》一书，更希望读者对于书中各文，既欣赏，也质疑。

需要说明的是，本书选录胡适"论治学"的长短文章十六则，大致指向以下三个关键话题：学术经历的自述；国故研究的提倡；科学方法的阐扬。以"明白清楚"见长的胡文，对于一般读者来说，没有什么阅读障碍。因此，我的序言也就只好"说开去"。这么处置，不求有功，能避免"佛头着粪"之讥，已于愿足矣。

2006 年 2 月 16 日，于京西圆明园花园连缀旧文而成

（《胡适论治学》，陈平原编，合肥：安徽教育出版社，2006 年）

---

[1] 参见拙文《超越规则》，《读书》1992 年第 12 期。

《茶人茶话》小引

平日里与烟酒无缘，勉强称得上"嗜好"的，便是吃茶了。因"吃茶"而关注茶人茶话、茶事茶文，好歹也算"水到渠成"。

按国人的思路，所谓"茶余饭后"，必是"闲话"无疑。既是"闲话"，很容易以"很久很久以前"起兴。我的"很久"，其实也就十几年。记得是90年代初，游学日本，访得岩波文库本《茶之书》，对冈仓天心（1862—1913）关于茶道的理想即是从日常生活的细节中悟出"伟大"这一禅的概念的产物，大为喜欢。回来后，翻阅周作人文集，方知其早已着我先鞭。在撰于1944年的《〈茶之书〉序》中，知堂感慨"中国人未尝不嗜饮茶，而茶道独发生于日本"；且称谈酒论茶，"若更进而考其意义特异者，于了解民族文化上亦更有力"。我虽深好此语，惜心有余而力不足。直到两年前，指导一日本学生撰成硕士论文《周作人与日本文化——以饮食文化为中心》，着重考察周作人如何借冈仓天心接受、理解、阐发日本的茶道精神，才算圆一小小的心愿。

我之所以格外欣赏冈仓天心以及周作人之谈论茶人茶事，不仅仅是学问，也不仅仅是生活态度，某种意义上，更是因为文章。私心以为，茶之甘醇与文之幽深，二者之间，存在着某种神秘的联系。借用陈继儒的话来说，便是："热肠如沸，茶不胜酒；幽韵如云，酒不胜茶。"(《茶董小序》)古往今来，嗜茶的文人很多，因茶而兴的好文章，想来当也不少。几年前，一个偶然的机缘，为百花文艺出版社编《中国散文史》，竟收入诸多谈论茶人茶事的好文章，如陆羽的《茶之源》和《茶之饮》、吴自牧的《茶肆》、陈继儒的《茶董小序》、袁宏道的《惠山后记》、张岱的《闵老子茶》、田艺蘅的《宜茶》，以及近人周作人的《喝茶》、阿英的《吃茶文学论》、黄裳的《茶馆》等。并非有意为之，只能说是趣味使然；等到书出版后，闲来翻阅，自己也都大吃一惊。

几年前，在北大为中文系研究生讲"明清散文"选修课，在分析陈继儒的为人与为文时，谈到"酒和茶不止是两种性质不同的饮料，它对人的身体，对人的气质，对人的情感，对想象力的驰骋，都会有所影响"；甚至表示，希望有一天能借"茶与酒"来谈论中国文化和中国文学。讲稿整理后，交三联书店出版。责任编辑郑勇君以前随我念过书，对我的生活趣味及文章风格颇有了解，于是再三催逼，希望早日兑现诺言。正为"提倡有心，创造无力"而苦恼不已，郑君又有新的主意：邀请我和以前的学生、现在中国传媒大学任教的凌云岚君合作，选编《茶人茶话》。

半个多世纪前，世界书局曾出版过作家胡山源"将古今有关茶事的文献，汇成一编，以资欣赏"的《古今茶事》。据编者称，此书材料，"统由各种丛书及笔记中采撷而来"（《古今茶事·凡例》）；可实际上，该书选材，仅及于清代。毫无疑问，晚清以降诸多谈论茶人茶事的好文章，也都值得"汇成一编，以资欣赏"。如此设计，有趣，且难度不大。编选工作主要由凌君负责，我只是出出主意，并撰写序言。

从 80 年代末编"漫说文化"丛书，到今天奉献给读者《茶人茶话》，时光流逝，老大无成，唯一感到欣慰的是，坚信日用起居以及饮食男女中，蕴藏着大智慧、好文章，这一思路没错。卸下盔甲，抖落尘埃，清茶一壶，知己三两，于刹那间体会永恒，此乃生活的艺术，也是文章的真谛。

2006 年 5 月 17 日于京北云佛山

（《茶人茶话》，陈平原、凌云岚编，北京：生活·读书·新知三联书店，

2007 年）

《王瑶文论选》编后记

二十年前，我的博士指导教授、著名文学史家王瑶先生（1914—1989）不幸在上海华东医院去世。先生病危时，我正患感冒，没能赶去服侍左右，此事一直让我耿耿于怀。先生去世十周年时，我曾模仿先生的《念朱自清先生》，将历年所撰五文，略加修订，连缀成《念王瑶先生》。春华秋实，又是一个十年。借人民文学出版社邀约编选《王瑶文论选》之机，重温先生著作，实在是一种难得的体验。

对一个学者来说，去世二十年是个关键时刻。昔日的同行大都已归道山，后来者则急匆匆赶路，忙于各自的事业。世人是否还有兴致阅读那些逐渐隐入历史深处的人物与书籍？最初的感怀与赞叹已经过去，每位先贤都必须凭借自己的学术实力，方能与"江山代有才人出"的后学展开有效的对话。作为"中国现代文学"这门学科的开创者之一，王瑶先生对中国古典文学同样有精湛的研究，同时，他又是一位思想独立的知识者、桃李满天下的大学

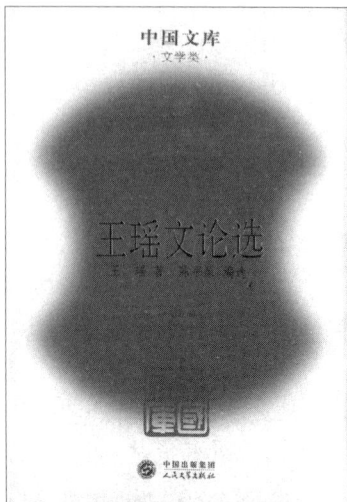

教师，我相信，他能经得起时间的淘洗。

除了生前刊行的诸多单行本，王瑶先生的著作先后汇编为七卷本的《王瑶文集》(北岳文艺出版社，1995年)和八卷本的《王瑶全集》(河北教育出版社，2000年)。去年春天，北京大学出版社推出"王瑶著作系列"，含《中古文学史论》、《中国现代文学史论集》、《中国文学：古代与现代》三种；今年秋天，又将有一卷本的《王瑶文论选》刊行。如此长短搭配，错落有致，便于读者选择，实在是再好不过了。

至于如何理解王瑶先生的学问与人生，建议阅读河北教育出

版社 2000 年版《王瑶和他的世界》。此书是在《王瑶先生纪念集》
（天津人民出版社，1990 年）和《先驱者的足迹——王瑶学术思
想研究论文集》（河南大学出版社，1996 年）二书的基础上，重
新编订的，值得重点推荐。

2009 年 6 月 30 日于京西圆明园花园

（《王瑶文论选》，陈平原编，北京：人民文学出版社，2009 年）

言说北京的方式

——《北京读本》前言

为什么是北京

人常说第一印象很重要，决定你对此人此物此情此景的基本判断。我没那么坚定的立场，不过，时至今日，还是清楚地记得二十年前初春的那个清晨，大约是六点，天还没亮，街灯昏黄，披着借来的军大衣，步出火车站，见识我想念已久的北京。你问我第一印象是什么，那就是空气里有一股焦煳味，很特别。大约是凛冽的北风，干冷的空气，家家户户煤炉的呼吸，热腾腾的豆浆油条，再加上不时掠过的汽车尾气，搅拌而成的。此后，也有过多次凌晨赶路的经验，如果是冬天，深感北京破晓时分所蕴涵的力量、神秘与尊严。这种混合着肃穆、端庄、大度与混乱的"北京气象"，令人过目不忘。

半个多世纪前，已经在北京住了二十个年头的周作人，也曾碰到过类似的追问，在《北平的好坏》里，周是这样作答的："我说喜欢北平，究竟北平的好处在那里呢？这条策问我一时答不上来，北平实在没有什么了不得的好处。我们可以说的，大约第一是气候好吧。据人家说，北平的天色特别蓝，太阳特别猛，月亮特别亮。习惯了不觉得，有朋友到江浙去一走，或是往德法留学，便很感着这个不同了。"这话很让我怀念，也很让我向往，因为，今天生活在北京的人，如果到过德国、法国，或者到江浙一带转一圈，很少再有胆量夸耀北京的天色特别蓝。今日的北京，有很多值得夸耀的地方，唯独空气质量不敢恭维，起码沙尘暴的袭击便让人胆战心惊。

为什么是北京，对于很多人来说，其实不成问题。住了这么多年，有感情了，就好像生于斯长于斯，没什么道理好讲。当初只是凭直感，觉得这城市值得留恋。久而久之，由喜欢而留意，由留意而品味，由茶余酒后的鉴赏而正儿八经的研究。

在北京居住十年后，我一时心血来潮，写了则短文《"北京学"》，题目挺吓人的，不过是打了引号的。大意是说，近年北京古籍出版社刊印的明清文人关于北京史地风物的书不好销，而京味小说、旧京照片、胡同游、北京缩微景观等却很受欢迎。可见"北京热"主要局限于旅游业和文学圈，学界对此不太关心。为什么？很可能是因为北京学者大都眼界开阔，更愿意站在天安门，放眼全世界。上海学者关注上海的历史与文化，广州学者也对岭南文化情有独钟，而北京学者更希望谈论的是中国与世界，因此，有意无意间，遗漏了脚下同样精彩纷呈的北京城。

常听北京人说，这北京，可不是一般的大城市，是中华人民共和国的首都。这种深入骨髓的首都（以前叫"帝京"）意识，凸显了北京人政治上的唯我独尊，可也削弱了这座城市经济上和文化上的竞争力。首都的政治定性，压倒了北京城市功能及风貌的展示，世人喜欢从国家命运的大处着眼，而忘记了北京同时还应该是一座极具魅力的现代大都市，实在有点可惜。对于自己长期生活的城市没有强烈的认同感，这可不是好事情。上海学者研究上海，那是天经地义；北京学者研究北京，则似乎是地方课题，缺乏普遍意义，低一档次。其实，作为曾经是或即将成为的国际性大都市，北京值得学者、尤其是中国学者认真对待。不管是历史考古、文学想象还是现实规划，北京都不是可有可无的小题目。

作为文学想象的北京

讨论北京人口增长的曲线，或者供水及排污系统的设计，非我所长，估计也不是诸位的兴趣所在。我的兴趣是，像本雅明（Walter Benjamin）所描述的"游手好闲者"那样（参见《发达

资本主义时代的抒情诗人》,北京：生活·读书·新知三联书店,
1989 年)，在拥挤的人群中漫步，观察这座城市及其所代表的意
识形态，在平淡的日常生活中保留想象与质疑的权利。偶尔有空，
则品鉴历史，收藏记忆，发掘传统，体验精神，甚至做梦、写诗。

略微了解北京作为都市研究的各个侧面，最后还是希望落实
在"历史记忆"与"文学想象"上。其实，历史记忆很大程度必
须依赖文学作品，比如，谈论早期北京史的，多喜欢引用荆轲的
"风萧萧兮易水寒，壮士一去兮不复还"，或者陈子昂的"前不见
古人，后不见来者，念天地之悠悠，独怆然而涕下"。对于非专业
的读者来说，荆、陈二诗的知名度与影响力，一点也不比曾发生
在这片土地上的众多波澜壮阔的历史事件弱。因此，阅读历代关
于北京的诗文，乃是借文学想象建构都市历史的一种有效手段。

我关注的是成为世界性大都市以后的北京之"文学形象"。原
因是，讨论都市的文学想象，只凭几首诗是远远不够的。我们能
找到金代的若干诗文以及寺院遗址，也知道关汉卿等杂剧名家生
活在元大都，但此类资料甚少，很难借以复原其时的都市生活场
景。而 15 世纪起，情况大为改观，诗文、笔记、史传，相关文字
及实物资料都很丰富。从公安三袁的旅京诗文、刘侗等的《帝京
景物略》，一直到 20 世纪的《骆驼祥子》《春明外史》《北京人》、
《茶馆》等小说戏剧，以及周作人、萧乾、邓云乡关于北京的散文
随笔，乃至 1980 年代后重新崛起的京派文学，关于北京的文学表

述几乎俯拾即是。成为国都的八百年间，北京留存下大量文学及文化史料，对于今人驰骋想象，是个绝好的宝库。这一点，正是北京之所以不同于香港、上海、广州的地方。作为一座城市，地层过于复杂，意蕴特别深厚，随便挖一锄头都可能"破坏文物"，容易养成守旧心理，不利于时下流行的"与世界接轨"；但从长远来看，此乃真正意义上的"无形资产"，值得北京人格外珍惜。

　　了解都市研究的一般状态，进入我们的正题"文学北京"，你会发现许多有趣的话题。比如王士禛的游走书肆，宣南诗社的诗酒唱和；西郊园林的江南想象，厂甸的新春百态；沙滩红楼大学生们的新鲜记忆，来今雨轩里骚人墨客的悠然自得；还有1930年代的时尚话题"北平一顾"，1960年代唱遍大江南北的红色歌曲"我爱北京天安门"……所有这些，都在茶馆里的缕缕幽香中，慢慢升腾。

　　汉语世界里关于都市与文学的著作，我最欣赏的，当属赵园的《北京：城与人》（北京大学出版社，2002年）和李欧梵的《上海摩登———一种新都市文化在中国，1930—1945》（北京大学出版社，2001年）。不仅仅是北京、上海这两座城市的魅力，更由于两位作者的独具慧眼。前者1991年便由上海人民出版社印行，只是当初读者寥寥，且常被误归入地理或建筑类；这次与《上海摩登》一并推出，当能引起广泛的阅读。赵书谈论的，基本上还只限于城市文学；李书视野更为开阔，以都市文化为题，涉及百货大楼、咖啡厅、公园、电影院等有形的建筑，以及由此带来的文人生活方式及审美趣味的改变，更讨论印刷文化与现代性建构、影像与文字、身体与城市等一系列极为有趣而复杂的问题。

作为研究方法的北京

借用城市考古的眼光，谈论"文学北京"，乃是基于沟通时间与空间、物质文化与精神文化、口头传说与书面记载、历史地理与文学想象，在某种程度上重现八百年古都风韵的设想。不仅于此，关注无数文人雅士用文字垒起来的都市风情，在我，主要还是希望借此重构中国文学史图景。

一部中国文学史，就其对于现实人生的态度而言，约略可分为三种倾向：第一，感时与忧国，以屈原、杜甫、鲁迅为代表，倾向于儒家理想，作品注重政治寄托，以宫阙或乡村为主要场景；第二，隐逸与超越，以陶潜、王维、沈从文为代表，欣赏道家观念，作品突出抒情与写意，以山水或田园为主要场景；第三，现世与欲望，以柳永、张岱、老舍为代表，兼及诸子百家，突出民俗与趣味，以市井或街巷为主要场景。如此三分，只求大意，很难完全坐实，更不代表对具体作家的褒贬。如果暂时接受此三分天下的假设，你很容易发现，前两者所得到的掌声，远远超过第三者。

在中国，很长时间里，文人不愿意承认自己对于都市生活的

迷恋，在城乡对立的论述框架中，代表善与美的，基本上都是宁静的乡村。一直到20世纪，现当代文学史上的诸多大作家，乃至近在眼前的第五代电影导演，对乡村生活的理解与诠释，都远远超过其都市想象。这里有中国城市化进程相对滞后的缘故，但更缘于意识形态的引导。很长时间里，基于对商人阶层以及市井百姓的蔑视，谈论古代城市时，主要关注其政治和文化功能，而相对忽略了超越职业、地位乃至种族与性别的都市里的日常生活。历史上中国的诸多城市（如所谓"六大古都"，还有扬州、苏州等）都曾引领风骚，并留下数量相当可观的诗文笔记等。可惜文学史家很少从都市文学想象角度立论，而更多地关注读书人的怀才不遇或仕途得志。

都市里确实存在着宫殿或衙门，读书人的上京或入城，确实也主要是为了追求功名。可这不等于五彩纷呈的都市生活，可以缩写为"仕途"二字。明人屠隆《在京与友人书》中极力丑化"风起飞尘满衢陌，归来下马，两鼻孔黑如烟突"的燕京，对比没有官场羁绊的东南佳山水，感叹江村沙上散步"绝胜长安骑马冲泥也"。这里有写实——比如南人不喜欢北地生活；但更多的是抒怀——表达文人的孤傲与清高。历代文人对于都城的"厌恶"有真有假，能有机会"致君尧舜上，再使风俗淳"，而心甘情愿地选择"采菊东篱下，悠然见南山"的，为数不是很多。更吸引人的，其实还是陆游所描述的"小楼一夜听春雨，深巷明朝卖杏花"。晚清以前，中国农村与城市的生活质量相差不大，特别是战乱年代，乡村的悠闲与安宁更值得怀念。但总的说来，都市经济及文化生活的繁荣，对于读书人来说，还是很有吸引力的。"大隐隐朝市"，住在都市而怀想田园风光，那才是最佳选择。基于佛、道二家空寂与超越的生活理想，再加上山水田园诗的审美趣味，还有不无反抗意味的隐士传统，这三者融合，决定了历代中国文人虽然不乏久居都市者，一旦落笔为文，还是倾向于扬乡村而抑都市。

朝野对举的论述框架，既可解读为官府与民间的分野，也隐含着城市与乡村、市井与文人的对立。引进都市生活场景，很可能会使原先的理论设计复杂化。比如，唐人的曲江游宴，宋人的瓦舍说书，明人的秦淮风月，清人的宣南唱和，都很难简化为纯粹的政治符号。

同样远离作为审美理想的"山林气"，官场的污浊与市井的清新，几不可同日而语。随着学界的视野及趣味逐渐从士大夫转移到庶民，都市生活的丰富多彩会日益吸引我们；对中国文学的想象，也可能因此而发生变化。以都市气象来解读汉赋的大气磅礴，以市井风情来诠释宋词之别是一家，以市民心态来评说明人小说的享乐与放纵，应该不算是领异标新。除了关注城市生活中的文人情怀，比如《桃花扇》里风月无边的秦淮河，或者《儒林外史》之以隐居乡村的王冕开篇，以市井四奇人落幕；更希望凸显作为主角的都市，以及其催生新体式、新风格、新潮流的巨大魔力。

假如有朝一日，我们对历代主要都市的日常生活场景"了如指掌"，那时，再来讨论诗人的聚会与唱和、文学的生产与知识的传播，以及经典的确立与趣味的转移，我相信会有不同于往昔的结论。起码关于中国文学史的叙述，不会像以前那样过于注重乡村与田园，而蔑视都城与市井。

(《北京读本》，陈平原、郑勇编，上海：华东师范大学出版社，2010 年 4 月)(节录自《"五方杂处"说北京》一文。原文刊载于《书城》2002 年第 3 期。除本文三节外，另外还讨论了"作为旅游手册的北京"、"作为乡邦文献的北京"等话题)

《都市蜃楼：香港文学论集》小引

　　1989 年初，我和十几位大陆的作家、评论家应邀到港参加"文学创作与文化反思"研讨会，那是我第一次走进这座国际性大都市，除了惊叹密集的高楼、发达的商业，还对其文化与学术充满好奇心。会前会后，香港中文大学中文系教授黄继持、卢玮銮、黄维梁等，或赠送书刊，或参与座谈，其对"香港文学"的热情推介，让我大为震撼。因为，此前我对香港文学的了解，仅限于金庸等的武侠小说。进入 90 年代，因合办《文学史》集刊，我开始关注友人陈国球、王宏志、陈清侨，还有诗人兼学者也斯（梁秉钧）等人的香港论述。如此一来，跟别的大陆学者不同，我是先认识谈论"香港文学"的学人，而后才逐渐熟悉"香港文学"这一论题的。

　　也正因此，虽未涉足香港文学研究，我对这一领域的进展却略有所知；专家不在场时，偶尔也可充充内行，辨认那一连串歪歪扭扭但却勇往直前的脚印。二十年前，世人还在为香港是否"文

化沙漠"说三道四，今天，再没人对这个话题感兴趣了。大家忙着为"香港文学"编年表、出丛书、办学会、印专刊。至于各种关于"香港文学"的"剪影"、"观察"、"探赏"、"追踪"、"反省"、"简论"、"概说"、"史略"等，那就更是不胜枚举了。

时代氛围不同，思想立场不同，学术训练不同，自然会有迥然不同的"香港论述"。这回"香港文学论集"的焦点，在"都市生活"——生活在如此五光十色变幻莫测的国际性大都市，香港作家能做什么，他们提供的是"写生集"还是"咏怀诗"？是"画梦录"还是"长恨歌"？是"燃犀铸鼎"还是"镜花水月"？是探测这座城市的前世今生，还是深究其五脏六腑？所有这些，有赖于学者们的深入解读。作为研究者，我们需要理解城市，理解作家，理解那些并不透明的文类及其生产过程，更需要理解我们自己的七情六欲。说实话，无论作家还是学者，之所以寻寻觅觅，不就因为还有个撇不清、挪不开、搁不下的"我"。面对"东方之珠"的急剧转型，作为读书人，你自然会不断叩问"我"从哪里来，要到何处去，怎样在这大转折时代里安身立命。

这几年在香港中文大学教书，目睹年轻一代（无论教师还是学生）对于"香港文学"的那种执著与痴迷，我深受感动。其实，学者一如作家，其"表述"本身，既是一种生活方式，也是一种社会责任，更是一种精神建构。选什么不选什么，论这个不论那个，本身大有讲究——除了学术立场，还与个人的生存境遇密切相关。作为同事，我努力理解这一切，并与之展开真诚的对话。只可惜，时至今日，谈论"香港文学"这样严肃的话题，我仍处在"外行看热闹"的阶段。既然一时插不上话，那就干脆改为撰写"广告词"——

本书分"历史的追迹"、"刊物与作品"、"都市与文学"三辑，收文二十一则，从晚清文人生活到当下的创作潮流，从中国文学史里的"香港文学"，到小说家笔下的"历史记忆"与"身份书写"，讨论一个多世纪的潮起潮落中，香港这座大都市的异样风采及其文学表现，为今年12月即将在港召开的"香港：都市想象与文化记忆"国际学术研讨会"预热"（此次会议由香港中文大学中国语言及文学系和香港教育学院中国文学文化研究中心联合举办，并得到北美蒋经国基金校际汉学中心赞助）；所收论文，仅限于同人前些年的业绩，不外借此表明我们对此课题的强烈关注，并希望召唤更多的研究者以及更为成熟的研究成果。

2010 年 8 月 17 日于香港中文大学

（《都市蜃楼：香港文学论集》，香港中文大学中国语言及文学系、香港教育学院中国文学文化研究中心合编，香港：牛津大学出版社，2010 年 11 月）

《我的"香港记忆"》小引

本学期，我在香港中文大学为研究生开设"都市与文学"专题课，说好不局限于文学研究，而是讨论古今中外有关"都市"的著述。设计此课程时，希望兼及历史与现实、记录与幻想、理性与感性。前十二讲的题目分别是："城市记忆：失落与重建"、"都市生活：凝视与驰想"、"城市研究的理论与方法"、"本雅明的巴黎研究"、"休斯克的维也纳研究"、"文学中的城市"、"古代中国城市的日常生活"、"历史学与社会学视野中的明清城市"、"图像世界里的城市生活"、"上海研究"、"北京研究"、"长安想象与香港书写"。至于最后一课，要求每位学生准备五至十分钟的发言，题目是《我的"香港记忆"——从一本书、一幅画、一首歌、一部影视说起》。不要"宏论"，更拒绝"空论"，就从小事说起，而且规定文章中必须"有我"；或散文，或杂感，或评论，两千字打住（专业报告另写）。

在我看来，谈论城市，首先得自己感兴趣，而后才是思考、

钻研、批评、阐释。最让你魂牵梦绕的，很可能不是高屋建瓴的长篇大论，而是关乎自己生命体验的某些细节、画面、声音或风景。十八名研究生，有人初到香港，有人土生土长，一开始都觉得没什么好说的；因为，后者习焉不察，前者尚未入门。可到了上最后一课时，同学们都很激动，发言时欲罢不能，大楼管理员来要求关灯，干脆站到室外空地上，就着昏黄的路灯，继续说。

不是只有老年人才"怀旧"的，借用鲁迅第一部杂文集《坟》的说法，人生路上，须不时"造成一座小小的新坟，一面是埋藏，一面是留恋"。面对日渐延伸的城市街道以及不断变化的都市生活，我们有义务为自己、也为后人保留一点"香港记忆"。至于选修这门课的，不管你是博士生还是硕士生，学的是文学、语言学还是古文献，你都必须敏感于自己的命运，忠实于自己的感觉，而且，得学会写文章。

至于如何解读这些五彩缤纷的"香港记忆"，我不想多说，留给关注香港"前世今生"的有心人。相对于名满天下的文人学者之鸿篇巨制，年轻学生天女散花般的零星言说，容易被忽视。可要说对于当下生活的体会，年轻人或许更为敏感。作为参照系，我请黄纳禧同学帮助，制作了一幅别开生面的"地铁图"。对于香港人来说，地铁（及港铁）是最主要的交通工具，而且牵连很多温馨的记忆。每位学生标出三个自己印象最深、或认为最值得记忆的地铁站（香港中文大学所在的"大学站"除外），于是，有了这幅个性化的、充满偏见与温情、与观光局趣味不太一致的"地铁图"。

2010 年 12 月 10 日于香港中文大学客舍

（《我的"香港记忆"》，陈平原编，香港：自刊本，2010 年 12 月）

附记

2010 年 12 月 17—18 日，香港中文大学中文系和香港教育学院中文系合作，召开"香港：都市想象与文化记忆"国际学术研讨会。为了这次会议，我们编辑了一大一小两个集子，大的《都市蜃楼——香港文学论集》(香港：牛津大学出版社,2010年)是两校教师过去十年相关论文选集，小的《我的"香港记忆"》则是我在中大开设"都市与文学"专题课上的课外作业。在《〈都市蜃楼〉小引》中，我提及："作为研究者，我们需要理解城市，理解作家，理解那些并不透明的文类及其生产过程，更需要理解我们自己的七情六欲。说实话，无论作家还是学者，之所以寻寻觅觅，不就因为还有个撇不清、挪不开、搁不下的'我'。面对'东方之珠'的急剧转型，作为读书人，你自然会不断叩问'我'从哪里来，要到何处去，怎样在这大转折时代里安身立命。"这既表达我们隐藏在严谨的学术论文背后的情怀，同时也是对于大会的默认目标及期待。某种意义上，城市不仅是建起来的，也是说出来的。一遍又一遍，说出我们对于这座城市的历史与现状的理解，说出我们的困惑与期待，这将可能影响日后的历史进程及城市发展方向。会议结束后，读到这本小册子的《百家》总编辑黄仲鸣先生，对青年学生之"香港记忆"很感兴趣，决定选刊其中谈论地铁的五则短文。其他十三位同学的作业，其实也都相当精彩，若苏颖添关于"香港之歌"中两种旋律的辨析，吴家怡谈论《饮食男女》的本土情怀，还有容运珊追忆《沧海一声笑》里的成长印记等，都让我深深感动。体贴并阐释香港这座国际性大都市，理论修养固然重要，生活感受更是不可或缺。假以时日，同学中或许有以"都市文化"或"香港"为专业研究对象，并作出卓越成绩的。

2011 年 1 月 12 日补记

（初刊 [香港]《百家》第十二期 [2011 年 2 月]）

《五四与中国现当代文学》序

2009年4月23—25日，北京大学中文系主持召开了"'五四'与中国现当代文学"国际学术研讨会。会议"盛况空前"，共提交学术论文一百零三篇，加上未提交论文但主持各专题讨论会的三位教授，以及致开幕词的校长，险些儿凑成了梁山泊一百零八将。正是因诸多前辈后学、旧雨新知的共襄盛举，加上媒体朋友的闻风而动，这次会议获得了很大的成功。

为了此次国际会议，我前前后后写了好几篇文章。作为"预热"的《走不出的"五四"？》(《中华读书报》2009年4月15日)，其中有这么一段自白："我所学的专业，促使我无论如何绕不过'五四'这个巨大的存在；作为一个北大教授，我当然乐意谈论'光辉的五四'；而作为对现代大学充满关怀、对中国大学往哪里走心存疑虑的人文学者，我必须直面五四新文化人的洞见与偏见。在这个意义上，不断跟'五四'对话，那是我的宿命。"

在会议的开幕式上，我又提及：人类历史上，有过许多"关

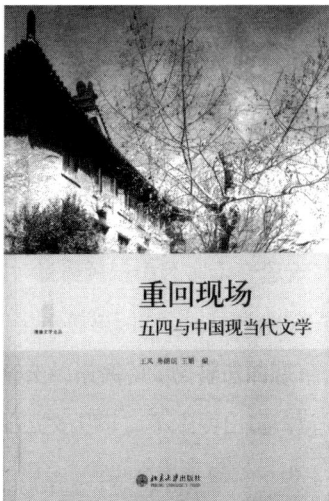

键时刻"，其巨大的辐射力量，对后世产生了决定性影响。不管你喜欢不喜欢，你都必须认真面对，这样，才能在沉思与对话中，获得前进的方向感与原动力。在我看来，"'事件'早已死去，但经由一代代学人的追问与解剖，它已然成为后来者不可或缺的思想资料"。对于20世纪中国思想文化进程来说，"五四"便扮演了这样的重要角色。作为后来者，我们必须跟诸如"五四"（包括思想学说、文化潮流、政治运作等）这样的关键时刻、关键人物、关键学说，保持不断的对话关系。这是一种必要的"思维操练"，也是走向"心灵成熟"的必由之路。

与"五四"对话，可以是追怀与摹写，也可以是反省与批判；唯一不能允许的，是漠视或刻意回避。在这个意义上，"五四"之于我辈，既是历史，也是现实；既是学术，更是精神。类似的意思，我在好多地方提及——而且至今坚信不疑。此前一年，为了筹备这次会议，我给国内外同行发去"邀请信"，除了强调五四新文化运动与现代中国的命运密不可分，更称：此前八十年，"纪念'五四'"，成了中国思想文化界的一件大事，但也不无"走过场"的时候。近年风气陡变，随着保守主义思潮的迅速崛起，社会乃至学界对"五四"有很多批评，对此，我们需要做出回应。并非主张"坚决捍卫"，而是希望站在新时代的立场，重新审视五四新文化运动。

此次国际会议的分主题包括："五四"新文学及新文化内部的多元场景；"五四"新文化与晚清新学的历史纠葛；新文学与新学术；"五四"文学与左翼文学；新时期文学与"五四"之关联；台港及海外作家如何与"五四"对话；重读"五四"与保守主义思潮等。之所以将论述的焦点锁定在"新文学"及"新文化"，除了五四运动的主要成就在此，而现代作家及当代作家更是在与"五四"的对话中逐渐成长，还有一个很现实的考虑——自我限制，以便获得学校的鼎力支持。外面的人只晓得北大与五四运动关系密切，有责任扛这个旗子；不知道北大为了这个"责无旁贷"所必须承担的风险。此前十年，北大曾主办纪念五四运动八十周年国际学术研讨会，因会上若干发言"不合时宜"，被人四处告状，害得主办者做了好多次深刻检讨。因此，我这次申请办会，必须从技术层面上取消校方的顾虑。既要让大家畅所欲言，又必须适当控制会议的节奏与气氛；而且，这一切都不能明言，要处理得"水过无痕"，还真不容易。直到会议结束，代表们平安归去，各方反应良好，我这才大大松了口气——平日开会没那么复杂，谁让我们抢在这让人浮想联翩的节骨眼上，而且是在五四运动的发祥地北大！

这些后台的"花絮"，不该影响世人对于"演出"的评价。作为一次国际学术会议，成功与否，关键还在各位学者提供的论文，以及现场对话。这方面，我有自信——当初感觉不错，两年后翻看论文集目录，依旧兴致盎然。这三册六大专题六十二篇文章，我相信还是能代表目前中外学界此领域的思路及水平。

会前，北大出版社刊行了中文系同人的论文集《红楼钟声及其回响——重新审读"五四"新文化》；会议中间，中文系学生在办公楼礼堂演出了让代表们惊艳的"红楼回响——北大诗人的'五四'"诗歌朗诵会；会后，除了各种媒体上的报道，学生们撰写了四篇各具特色的研讨会综述——袁一丹《作为方法的"五四"》（《北京大学学报》2009年第4期）、张广海《"五四"遗产的溯源、建构和反思》（《中国现代文学研究丛刊》2009年第4期）、林峥《触摸历史与对话五四》（《鲁迅研究月刊》2009年第7期）、王鸿莉《对话五四》(《社会科学论坛》2009年第8期)。

　　将所有会议资料装订成册，上交给学校，表示不辱使命，作为这次国际会议的主持人，我的任务就算是完成了。至于编辑会议论文集，就交给了王风、蒋朗朗、王娟负责。积极参与会议筹备工作的，除了以上三位老师，还有陈跃红、李杨、高远东、吴晓东四位教授，以及中文系办公室主任杨强，研究生张广海、袁一丹、周昀、林峥等，对于他们所付出的艰辛劳动，我深表谢意。

2011年9月10日于香港中文大学客舍

(《重回现场：五四与中国现当代文学》、《对话历史：五四与中国现当代文学》、《解读文本：五四与中国现当代文学》，王风、蒋朗朗、王娟编，北京大学出版社，2014年1月)

作为学术话题的"京津"

——《三四十年代平津文坛研究》序

　　北京大学与天津的学校有缘。1919 年 9 月，蔡元培校长发表
《北大第二十二年开学式演说词》，称反正办学经费不足，不如将
北大工科归并北洋大学（即现在的天津大学），以便集中精力办好
理科。对于如此决策，蔡先生日后没有后悔，反而很得意，在《我
在北京大学的经历》中再次提及。1937 年抗战全面爆发，国民政
府命令国立北京大学、国立清华大学与私立南开大学组成长沙临
时大学，第二年改称国立西南联合大学。"联大"九年，三校精诚
合作，得益于共同的学术理念，同时也因抗战前三校教授就互相
兼课，自由转换，合作起来没有任何障碍。这些都是青史留名的
大事，如今，京津之间的大学合作，又添了件小事，那就是北大
中文系与天津师大文学院联合召开"20 世纪三四十年代平津文坛"
学术研讨会。

　　三次合作，层次不同，宗旨有异，影响更是不可同日而语。

不过，我想说的是，京津之间的合作，既是历史研究的课题，也是近在眼前的事实，从长远看，二者都有很好的发展前景。我提交给会议的《另一种"双城记"》，专门谈这个问题。简要地说，就是四句话：第一，在近现代中国文化史上，天津很重要；第二，平津两座城市关系密切，适合做综合研究；第三，"双城记"是个很好的学术视野，便于互相发现；第四，所谓的"双城记"，可以是黑白对照，形成强烈的反差；也可以是五彩斑斓，同中有异、异中有同。大略而言，前者强调对抗中的对话，后者侧重合作时的竞争。

这两天半的"平津文坛"讨论，内容非常充实。昨天上午孙玉石、王得后、吴福辉、温儒敏四位先生的专题发言，我因事没能到场聆听，实在可惜；听与会的夏君转述，令人心驰神往。前天上午在未名湖边，紧接着开幕式的是"北方左联"专题，八位发言者，不仅在史实辨析上有所推进，更重要的是，让学界重新关注"北方左联"这个长期被忽略的话题。第三至第七这五场，发表的是关于30年代京派文学、40年代现代主义诗歌、三四十年代天津通俗小说等专业论文，多少都有所创获。值得庆贺的是，除解志熙、高恒文、吴晓东等已成熟的学者外，年轻一辈所撰论文，也都很有分量，如中国人民大学张洁宇、北京师范大学林分份、首都师范大学张松建、中央民族大学冷霜、南开大学耿传明、中山大学李荣明、南京大学葛飞、北京社会科学院季剑青、中国现代文学馆陈艳等，一看就是训练有素，颇具学术实力。至于天津师大赵利民教授、高恒文教授与北大商金林教授、王风副教授的精诚合作，更是此次研讨会得以成功举办的重要保障。

这回的研讨会，蕴含某种学术企图——在"天津"阅读"北京"，在"北京"观看"天津"，当然更包括将"京津"视为一体，做综合性论述。不仅史实考辨，而且文学／文化批评，乃至理论建构。选择"京津"这一"双城记"视角，不是一时兴起的应景之作，更不是一次性的消费行为。对于我来说，这是一个长远的研究计划，为下一代研究者预留的发展空间。因此，我寄希望于有远大志向的年轻一辈学者的积极介入与参与。目前只是一些零星的散论，但十年后必定会成为热门话题，且能出大成果。

基于如此预期，这一回的讨论会，在我看来，有以下不尽如人意处：第一，注重"文学"而相对忽略"城市"，明显缺乏对于"都市研究"的兴趣与理论自觉。第二，注重"精英"而缺乏对于大众（通俗）文学、文艺、文化的关注与理解。第三，"京津"尚未成为全国性的学术话题，除两位日本学者（琦玉大学小谷一郎教授、东京女子大学下出铁男教授）外，与会者不是在京津生活，就是从北大毕业。第四，学者更多地谈论北京，而缺少对于天津的关注与体贴。第五，京津之间文学／文化／思想／学术的互动，没能很好地展开，形不成真正意义上的"双城记"。第六，提交给会议的论文不够成熟，会场上也缺乏深入的对话与争辩。之所以有这些

遗憾，很简单，我们刚起步，还不到冲刺的时候。随着时间的推移，这个话题会吸引越来越多的研究者，各位的论述也必定会日渐深入、精致、广大。

（此乃作者 2010 年 11 月 29 日在"20 世纪三四十年代平津文坛"学术研讨会上所做的"闭幕辞"，权当《三四十年代平津文坛研究》一书的"代序"）

（《三四十年代平津文坛研究》，北京大学中文系、天津师范大学文学院编，

北京大学出版社，2013 年 1 月）

《开封：都市想象与文化记忆》序言

选择"开封"作为我和王德威共同主持的"都市想象与文化记忆"系列国际学术研讨会的第四站，在旁人看来是"水到渠成"，实际上则是"无心插柳柳成荫"。

说"水到渠成"，因此前我们已先后在北京（2003）、西安（2006）和香港（2010）举行过三次以"都市想象与文化记忆"为主题的国际学术研讨会，既然已经见识过唐及唐以前的长安，元明清以降的北京，还有近现代的香港，谈论中国史，不就独缺宋代这一块了吗？考虑到"华夏民族之文化，历数千载之演进，而造极于赵宋之世"（陈寅恪《邓广铭宋史职官志考证序》），选择开封这座曾经举世闻名的古都大做文章，那是再合适不过的了。因为，这座城市最繁盛、最值得追忆的，无疑是其真正"号令天下"的北宋年间（960—1127 年）。那一百六十八年的辉煌，日后被世世代代的开封人用各种方式追怀、书写、赞叹与回味。对于研究者来说，盛世固然值得探究，衰落也自有其意义；至于为何由盛而衰，怎样贞下起元，那更是绝好的大题目了。可说实话，此乃事后诸葛亮，当初我们并没有如此"高瞻远瞩"。

好食物不一定合你的胃口，更何况还有何时上菜的问题。这些年，"都市想象与文化记忆"系列国际学术研讨会虽步步为营，可并非我们工作的全部——相反，并非城市史专家的我们，只是在从事文学史、文化史、教育史、学术史的同时，将"城市"作为一个重要的参照系。如此学术姿态，缺点是不够专业，好处则是带入不同学科的视野，与诸多领域的专门家就"城市问题"展开深入对话。

与许多兵强马壮、粮草充足的研究团队不同，我们俩作为主持人，纯属业余爱好——限于个人精力、学术准备以及经费支持等，办此类跨学科的国际会议，三年一次就很不错了。因为，会前的立意与筹备，会后的修订与出版，绝非"唾手可得"。另外，因师友推荐，已有南京、天津、广州、台北等城市进入我们的视野。

之所以最后选择了"开封"，且不顾车马劳顿，隔年便提前开工，与中央党校副校长李书磊的积极推介有关。李君河南人，早年就读北京大学中文系，与我很熟悉。2010年10月的一天，我正紧锣密鼓地筹办香港会议，突然接到李君来电，说是对当初参加北京、西安两次"都市想象与文化记忆"研讨会印象极佳，问能不能明年秋天在开封也做一次，他可以说服河南大学及开封市政府"做东"。

谈论"东京梦华录",辨析"清明上河图",这当然很有趣,可如何设计话题,能否找到合适的研究者,我实在没把握。跟王德威商量,没想到他竟一口应承,称如此意蕴宏深的古城,"就算以古典文学、历史、考古为主,也不为过";更何况还有当代文学中的"豫军",以及河南梆子在台湾六十年的发展等,也都值得深究。于是,我俩抖擞精神,提前进入了七朝古都开封。

说起来轻松,进入实际操作,可是关山万重。时间紧迫,如何与开封市政府及河南大学展开精诚合作,怎么确定会议的宗旨、话题与组织方式,还是颇费斟酌的。

2010年10月下旬有此动议,12月与开封市副市长当面商讨,第二年2月写信给河南大学寻求合作,3月23日发出正式邀请信,筹备工作有条不紊地推进。可说实话,如此专业会议,半年时间,无论对于与会者还是主办方来说,都是过于匆促了。好在大都是老朋友,操作起来轻车熟路,且很能体谅"业余选手"办会的艰难。

河南大学党委书记关爱和乃文学院教授、中国近代文学史专家,多年前就已认识,估计很好合作;果然,一拍即合。关兄热情且能干,可就是太忙,于是拉上了文学院院长李伟昉,让他负责日常事务。与会者只知道会议开得很成功,实际上中间颇多波澜与曲折,全靠关、李二位沉着应战,才将危机一一化解。

有感于中国的学术会议倾向于"大而全",我们反其道而行之,采取"小而精"的模式。国内外学者加起来不超出三十人,且采

用邀稿的方式，与会者必须精心准备论文，积极参与讨论。为了谢绝"大牌学者"的信口开河，从一开始就说好，经费由开封市政府及河南大学出，但邀请名单双方商定。

选择了开封古城，一不小心就会开成"宋史研讨会"。若如此，则河南大学早有准备，且做得很好，不劳我们这些"三脚猫"来凑热闹。我给关爱和的信中称："此系列研讨会的共同特点是：邀请国内外不同专业（文学、历史、教育、考古、艺术、建筑等）的学者，就某一特定城市的'前世今生'展开深入探讨，既讲历史纵深，也有现实关怀。如此古今贯通，文史兼顾，且以'都市生活／文化'为中心，其工作目标是：让开封不仅活在宋代，也活在当下。"此办会宗旨得到了河大朋友的认可，因此才有了"邀请信"上建议专家们关注的如下议题：

    1．古今开封的社会生活、民俗风情、建筑风格、语言变迁；

    2．古今开封的文化生产，如教育、出版、文学、艺术等；

    3．不同时代、不同媒介、不同文类所呈现的"开封"；

    4．帝都体验与文学表现之关系；

    5．作为思想主体与作为表现对象的"东京人"、"开封人"、"河南人"；

    6．从知识考掘的角度反省"宋史"、"开封论述"的建构。

其实，与会专家来自不同领域，大都胸有成竹，你提你的建议，他写他的论文。我关心的是，在如此跨学科对话中，能否呈现某些大视野或大思路。从最终结果看，还算比较理想。经过一番评审与筛选，最后入集的二十五篇论文，共分为五辑，中间三辑讨论古代开封的年节、寺院、法律、市声、话本、诗文、雅音、戏曲等，自然是本书的主体；但第一辑之贯通古今，兼及个人感慨，第五辑之谈论现当代开封之跌宕起伏、悲欢离合，或许更能体现我们的思路——让开封走出宋代，活在当下。

　　这回的国际会议，大部分费用是开封市政府提供的。政府愿意支持学术，自然是大好事；可我原来有点担心，会不会变成了时下常见的"国际会议搭台，书记市长唱戏"？专家们大老远跑来了，可不是为了听"政府工作报告"的。我请李书磊转达，希望开幕式上各方致辞，合起来不超过二十分钟。之所以提如此"无礼要求"，是有感于今日中国官员越来越有文化，越来越能说话，越来越愿意在国际会议上长篇大论。本只是发牢骚，没想到开封市领导当真了，致辞非常简单，话不多，转而放映介绍开封历史及现状的纪录片，并邀请各位来宾会后参观新修复的文化街。这样"润物细无声"的宣传方式，很受与会专家们欢迎。

　　从2010年10月开始策划，到2011年10月21—24日举办会议，再到2012年7月编定书稿，终于赶在年底前付印了——两年多时间里，与现实的以及虚拟的"开封古城"打交道，忙得不亦乐乎。如今，事情即将了结，特向积极参会并提交论文的各位作者，以及鼎力支持此次国际会议及出版计划的开封市政府、河南大学、河大文学院，表示衷心的感谢。

　　　　　　　　　　　　　2012年12月23日于香港中文大学客舍

（《开封：都市想象与文化记忆》，陈平原、王德威、关爱和编，北京大学

　　　　　　　　　　　　　　　　　　　出版社，2013年1月）

《夏至草——夏晓虹序跋》小引

现代女性一般不告诉别人自己的年龄，为的是"永葆青春"。其实，一看身份证号码，大家都明白。既然瞒不住，为何不说真话？"欺人"是假，"自欺"是真。夏君不一样，近年竟欢天喜地扳着手指头，计算何时可以退休。或许正是看准了老师不忌讳"天增岁月人添寿"，年初起，学生们便悄悄地筹划要给她过"六十大寿"。既通知我保密，又要我取消外出计划，保证那天夏老师在京，这可就难了。怎么办？只好挑明了说。夏君通达，笑了笑，说感谢大家的好意，只是别太张扬。

人都说北方的秋天很美，其实，哪里都一样。除了秋高气爽，蓝天白云，还有花果飘香呢——这是个成熟的季节。当然，"成熟"意味着"收获"，也意味着即将"凋零"。好在夏君从来淡定、从容、随缘、平和，没有"伟大的计划"，也从不往聚光灯下挤。因此，也就不惧怕"即将退出历史舞台"。当初是尽力而为，以后照样"能做多少算多少"。顺应时势，不卑不亢，坦然面对生命的不同周期，

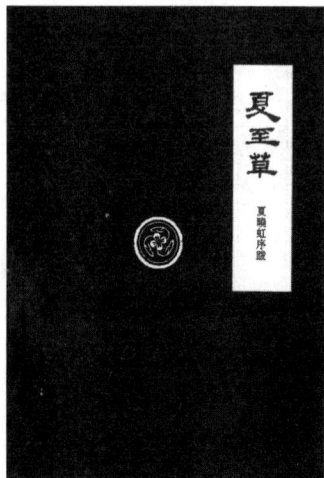

如此心态，方能接受学生们过早的"祝寿"。

看学生们精心准备，我也不甘落后，说服夏君允许我编一册"内部发行"的小书。主体部分是"夏晓虹序跋"，外加"论文目录"和"卅年纪事"。后者原本收入复旦大学出版社 2011 年版《燕园学文录》，那是依照"三十年集"系列丛书的要求编写的。不知别人感觉如何，当初她写我读，很是开心。看她一路走来，并非步步莲花，但脚踏实地，有悲也有喜，颇具观赏价值。

夏君自家著述，都有前言或后记；至于所编的书，那可就不一定了。或者我越俎代庖，或者因系专业论文而另外入集。若合编的《二十世纪中国小说理论资料》第一卷、《北大旧事》、《图像晚清》，序言虽归我写，收集、编辑及校订，却是以夏君为主。

某美国女教授不明就里，追问为何夏君的书多是你作序，而不是反过来？言下之意，这很不公平。她不知道，变着法子为自己妻子的大作说好话，而且要说得"得体"，是很不容易的。最近十年出版新书，夏君改为自力更生，我也就"英雄无用武之地"了。直到这回编序跋集，才有机会重获"话语权"。

夏君性格恬淡，温文尔雅，不擅长即席演讲，也不喜欢站在讲台上满脸跑眉毛，因而最初的意愿是当"研究员"而不是"教授"。好在"既来之则安之"，转眼间，也已经在北大教了将近三十年书。时至今日，每回上课前，夏君都有点紧张，即便讲了多遍的课，也都不敢懈怠。以致课前一天，家中气氛凝重，不敢安排别的活动，得让她静心养气。我说过，教书是良心活，认不认真，只有自己以及自己的学生知道。多年言传身教，不无收获，夏君曾得意地对人言：自家指导的研究生，才华有厚薄，学问有大小，但在"做人"方面，都很不错。

书编好了，得起个名字。与学生们商量了半天，决定叫"夏至草"。

夏君的生日大都在"夏至"这一天，虽说这是二十四节气中最早被确定的，但查宋人蒲积中所编、收诗两千七百四十九首的《古今岁时杂咏》，别的节气连篇累牍，唯独夏至只有寥寥五首，且就连韦应物、白居易这样的高手也都吟不出什么好篇章来，可见此节气不太入诗。但在宋代，这可是个好日子——从夏至之日起，百官放假三天。今天当然没有这样的好事了，世人只记得此乃北半球一年中白昼最长、黑夜最短的一天。

白昼那么长，做什么好？除了读书，就是写文章。所谓"草"，做动词用，就是写作；做名词用，就是初稿；综合起来看，则是"逸笔草草"的"未定稿"。比起所序之大著，这些书前书后的文字，属于闲谈，故不妨以"草"视之。

至于三字连读，"夏至草"便成了多年生常见杂草，铺陈在东南西北的田边路旁、房前屋后，据说"喜光，生命力极强，可自繁，耐瘠薄"。而作为一味中草药，其"味微苦，性平，有小毒"，则与本书的命名无关，不必望文生义。只因设计封面时，我希望有一草本植物作为装饰，于是"非君莫属"。

这册精致的小书，只供师生及友朋赏玩，"编号"，但不"发行"，目的是既体现亲情，又不违背夏老师温婉而低调的一贯作风。

2013 年 5 月 5 日于京西圆明园花园

（《夏至草——夏晓虹序跋》，陈平原编，自刊本，2013 年 6 月）

《王瑶先生百年诞辰纪念论文集》小引

北京大学中文系教授、著名文学史家王瑶先生1914年5月7日出生于山西省平遥县道备村，若健在，今年刚好满百岁。很可惜，王先生1989年冬外出参加学术会议，12月13日病逝于上海华东医院，至今也已四分之一个世纪。

在学术史上，毫无疑问，书比人长寿。随着时间的流逝，作者的身影越来越模糊，而好书的魅力，则很可能穿越时空，被后人永远记忆。日后的读者，与作者本人没有任何直接联系，可以更真切、也更超越地看待这些著作。因此，人走得越远，书的大致轮廓以及学术价值，将呈现得越清晰。

王瑶先生去世，众弟子与友人同心合力，先后刊行了七卷本的《王瑶文集》(太原：北岳文艺出版社，1995年)和八卷本的《王瑶全集》(石家庄：河北教育出版社，2000年)，将王先生存世的学术著作、散文随笔、来往书信，乃至历次政治运动中的检讨等，全部纳入。若干遗留手稿，也已整理完毕，正等待恰当的时机，

介绍给读者。为什么不爱惜先生羽毛，而非要"和盘托出"不可呢？那是因为，王先生不仅仅是个学者，在当代中国政治史或学术史上，更是一个意味深长、值得再三咀嚼的"个案"。这一点，从其去世后学界迅速推出《王瑶先生纪念集》，以及日后发表的诸多学术论文中，可以看得很清楚。

收入《王瑶文集》第七卷和《王瑶全集》第八卷的《王瑶著作目录》，除了介绍王先生生前所刊各书，还提及两种先生去世后出版的著作：1992年中国社会科学出版社版《润华集》，以及1993年台湾大安出版社版《中国文学纵横论》。除此之外，还有以下新编或重刊的著作：《中古文学史论》，北京大学出版社，1998、2008 年；《中国现代文学史论集》，北京大学出版社，1998、2008 年；《中国文学：古代与现代》，北京大学出版社，2008 年；《中国诗歌发展讲话》，江苏文艺出版社，2008 年；《王瑶文论选》，人民文学出版社，2009 年；《王瑶文选》，北京大学出版社，2010 年。以下两种书籍，值得特别推荐：一是石川忠久、松冈荣志译《中国の文人："竹林の七賢"とその時代》（东京：大修馆书店，1991 年），一是王瑶主编《中国文学研究现代化进程》（北京大学出版社，1996 年）。

至于友人及后学的追怀或研究，先后结集有《王瑶先生纪念集》（天津人民出版社，1990 年）、《先驱者的足迹：王瑶学术思想研究论文集》（开封：河南大学出版社，1996 年）、《王瑶和他的世界》（石家庄：河北教育出版社，2000 年）。另外，专题讨论王瑶先生的学问或思想的，有夏中义、刘锋杰撰《从王瑶到王元化》（桂林：广西师范大学出版社，2005 年）、陈徒手著《故国人民有所思》（北京：生活·读书·新知三联书店，2013 年）等。

这回纪念王瑶先生百年诞辰，除了筹备学术会议、发表专业论文，再就是刊行以下三书：第一，选择最能代表王瑶先生的眼光、学养、才情与学术个性的《中古文学史论》，请天津师范大学高恒文教授与我合作，重新校订，交北大出版社制作精美的典藏版，希望能诱发公众阅读、对话、收藏的热情；第二，孙玉石、钱理群编《阅读王瑶》，同样由北大出版社刊行，此书精选二十五年来有关王瑶先生的回忆文章与专题论文，兼及其"为人但有真性情"与"治学犹能通古今"；第三，温儒敏、陈平原编《王瑶先生百年诞辰纪念论文集》，这是三书中规模最大，制作难度最大的，由生活·读书·新知三联书店承担。

关于"纪念论文集"，有一段轶事可提供给学界。据师母杜琇编辑的《王瑶年谱》，1984 年 5 月 7 日，在京家属及部分朋友、学生为王先生祝寿；而"在这以前，乐黛云、吴小美、丁尔纲发起，由先生历届学生撰写《中国现代文学论文集》一书，以纪念'五四'六十周年，并祝贺先生七十寿诞"（参见《王瑶文集》第七卷，第731 页；《王瑶全集》第八卷，第 389 页）。以撰写学术论文为自己的老师祝寿，这本来是大好事，也符合国际惯例。可在那个时代，在某些敏感人士看来，此举过于突出个人，不合时宜。于是，此书一拖再拖，等到 1986 年 8 月方才推出，真的是"黄花菜都凉了"。这还不算，这册北京大学出版社刊行的《中国现代文学论文集》共四百三十八页，署严家炎、唐沅、丁尔纲编，印数四千册，抹去了任何祝寿文集的痕迹。据说，北大出版社派人来送书，王先生一看变成了这个模样，完全辜负了学生们的一片心意，当即吩咐把书退回去。

弟子及后学为某位师长出版纪念论文集，目的是体现学术上的薪火相传，用心良好，用意甚佳。这种做法，最近十几年方才逐渐被中国学界及出版界所接受。因此，今天推出《王瑶先生百年诞辰纪念论文集》，对于王瑶先生的学生们来说，可谓"起了个大早，赶了个晚集"。

本书收文三十九篇，作者构成分两种，一是王瑶先生指导的研究生，一是北京大学中文系现代文学专业教师。先说第一类：之所以将征稿范围局限在"研究生"，目的是为了数量上可控；若将本科生涵盖在内，则漫无边际，必定是挂一漏万。此乃权宜之计，不含任何价值判断，更不意味着没被邀稿的就不是王先生的学生。此外，还有三点说明：第一，1955 年秋金申熊（开诚）被王瑶先生招为研究生，翌年改为科研助手；第二，日本学者尾崎文昭及澳大利亚学者寇志明当年来华随王瑶先生念书，其头衔是"高级进修生"，但学习时间长（两年）且要求严格（等同于本国研究生）；第三，这一部分文章的编排顺序，依据作者入门的先后。

北京大学中文系教师中，因工作之便而得到王瑶先生指点的，肯定会有不少；为了边界清晰，我们仅向曾在北大中文系现代文学教研室工作的各位老师邀稿。这里同样有三点说明：第一，裴家麟（裴斐）1954 年毕业留校，曾任王瑶先生助手；第二，这部分文章的排列，以作者长幼为序；第三，之所以一直选到当下在本专业任教、与王瑶先生从未谋面的年轻教师，是希望体现学术上的承传。

编辑思路确定后，恭请各位拟想中的作者提供文章。大部分作者很简单，略为催促就行了；个别作者一直联系不上，需要"上穷碧落下黄泉"。目前的状态，总算基本达成目标。选文的原则，说好或本人代表作，或其撰写与王先生相关。至于文后是否添加附记，表达感怀，各人自度。若干已去世的弟子和同事，不希望他们在如此场合"缺席"，于是不揣冒昧，代为选文。

此出版计划得到师母杜琇及诸位师兄师姐的指点与支持；而在具体实施过程中，很多琐细事务，幸有诸多后学（如张丽华、徐钺、张一帆）热情参与。此书的出版，除生活·读书·新知三联书店及时施以援手、三位再传弟子（郑勇、倪咏娟、卫纯）积极配合，更重要的是，还有赖温儒敏教授提供出版经费。所有这一切，均让作为编者之一的我铭感于心。

谨以此论文集，献给王瑶先生百年诞辰。本书各文水平或许不太均匀，但它确实体现了我们追怀的心情。

2014 年 2 月 26 日于京西圆明园花园

（《王瑶先生百年诞辰纪念论文集》，温儒敏、陈平原编，北京：生活·读书·新知三联书店，2014 年 5 月）

书比人长寿

——典藏版《中古文学史论》小引

纪念一位学者的最佳方式，莫过于读他的书。在这个意义上，真的是"书比人长寿"。筹划王瑶先生百年诞辰纪念活动时，我提议从王先生众多著作中选一本书，精校精刊，让其更为长久地流传下去。师友们聚会商议，一致推选《中古文学史论》。

除了这书很"经典"，值得苦心经营；还因此书引用大量古籍，每次重排重印，在减少若干错漏的同时，也增加了不少新的讹误。当初只是预感与推测，经过一番认真校勘，发现确实如此——今天北大版的不少错讹，棠棣版并不存在。

此书的版本情况如下：1951年8月，上海棠棣出版社刊行的《中古文学思想——中古文学史论之一》收文五篇，《中古文人生活——中古文学史论之二》收文四篇，《中古文学风貌——中古文学史论之三》收文五篇，这原本就是一书，只是因"时值建国之初，私营出版社顾虑较多，不愿出字数较多之学术著作，故循其所请，一分为三"（参见王瑶《〈中古文学史论〉重版题记》）。1956年9月，上海古典文学出版社印行《中古文学史论集》，从上述三书中选文八篇，加上《关于曹植》和《关于陶渊明》两篇新作。1982年10月，上海古籍出版社重刊此书时，又添上了《读书笔记十则》。大陆之外，则有香港中流出版社于1973年分别重印"棠棣三书"；1975年，台湾长安出版社又将三书合成《中古文学史论》行世。至于石川忠久、松冈荣志所译之《中国の文人："竹林の七賢"とその時代》，收文四篇，由东京大修馆书店1991年出版。

1986年1月，北京大学出版社推出简体横排本《中古文学史论》，"棠棣三书"终于在作者的授权下合璧，且做了认真校订。王瑶先生在该书《重版题记》中称："此次重版，虽经作者就全书重行校读一遍，并有所补正，但总的来说，它仍然是一部旧作"；"在付印过程中，又蒙钱理群、陆彬良二同志协助核校，多所匡正，并此志谢"。作者本人对此版本非常重视，也比较满意。日后北大1998年版、2008年版虽改变了版式，也修订了若干错误，但大致仍属于1986年版系列。

王瑶先生去世后，众弟子与友人同心合力，先后刊行了七卷本的《王瑶文集》（太原：北岳文艺出版社，1995年）和八卷本的《王瑶全集》（石家庄：河北教育出版社，2000年），其中第一卷均收入了《中古文学史论》。《编辑说明》称："1986年1月北京大学出版社出版《中古文学史论》，将棠棣版三册合为一书，并做了认真校订。此次刊行，采用最能体现作者原初意图、讹误较少的北大版《中古文学史论》，同时收入上海古籍出版社版《中古文学史论集》的《自序》和《重版后记》。"由于此书征引古籍繁多，即便这两个出版社的编辑尽心尽力，重排本的错漏也在所难免。

不客气地说，随着此书版本的增加，遗憾只能是越来越多。因为，作为著名的现代文学史家，王瑶先生著作的校对难度往往被低估了。这个时候，确实需要一个比较权威的"定本"或"典藏版"。

这么说，并不意味着抹杀1986年北大版的贡献。从繁体竖排改为简体横排，还增加了棠棣版欠缺的书名号（原未加书名线），工作量其实很大。更何况，钱、陆二君在力所能及的范围内，还做了不少校订工作。正因此，王先生才刻意在《重版题记》中致谢。

选择最能代表王瑶先生的眼光、学养、才情与学术个性的《中古文学史论》来制作典藏版，最初曾设想直接采用棠棣版重印，后来发现不行。原因是，1986年北大版在整体结构上合并棠棣三书，可在具体文本的选择上，又采纳了不少1956年上海古典文学出版社的修订版。在《〈中古文学史论集〉自序》中，王先生称："经过了这几年来的学习，现在重读一遍，觉得内容不妥之处很多；因此又抽暇重新整理了一下，删去了约三分之一的文章，把其余的也都做了一些修改，合为一册，就是现在这本《中古文学史论集》。"这里所做的修订，主要不是基于意识形态的高压，而是学

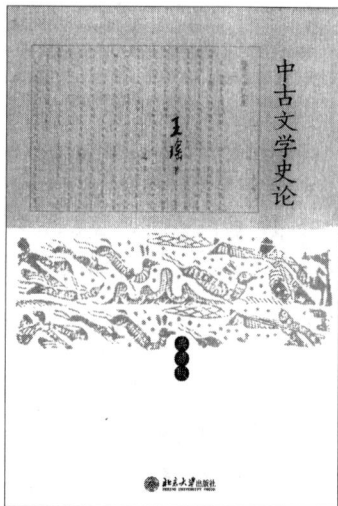

术及文章方面的考量——校正了不少错漏及若干破句，还就文章结构做了一些调整，比如《玄言·山水·田园》一文便删去了论述陶渊明的三页多（与此版收入《关于陶渊明》有关）。而王先生"重行校读一遍并有所补正"的1986年版，这一章用的是删节本，而没有恢复棠棣版。

其实，之所以提出为这本不无遗憾的"经典之作"校订引文，很大程度是托现有各种古籍数据库的福。否则，工程极为浩大，很难下这个决心。这回的具体操作过程是：先请北大出版社提供电子文本，由天津师范大学文学院高恒文教授将每段引文与数据库相比对，列出所有差异之处；再由我一条条分辨，看是否需要改动，以及如何改动。我的工作原则是：能不改的地方尽量不改，需要校改的地方，尽可能出校注。只有一种情况，我径直改过来，那就是棠棣版并没有错，是日后各版的纰漏。这样的情况还真不少，有七八十处（含标点及字句）。至于为何不嫌麻烦，出了二百三十多处校记，不是炫耀博学，而是基于对前辈学者的尊重。作者引古籍时使用的版本，与今人普遍阅读的"整理本"不同，不该以今律古，随意更改。不好擅自改动，可又希望体现学术的发展，于是采用了多出校记的办法。

整个校订工作的原则及方法，如哪些改、哪些不改，怎么改，如何标示等，参见书前的《校订说明》及书后的《校勘所据书目》。需要特别说明的是，标点符号的使用，顿号、逗号、分号还是句号，长句还是短句，感叹还是疑问，所有这些标示，因时且因人而异。对照今天各种权威的整理本，本书出现差异而不做改动的，有两三百处。基本想法是，只要不破句，就尊重作者的习惯。至于若干短句，作者虽加了引号，但没注明出处，尽管与经典文本略有出入，以其无伤大雅，也就不做校改了。

高恒文教授和我都不是古典文献专家，虽然尽力而为，修订的地方不下五百处（这里也有责任编辑徐丹丽的功劳），但因学识及精力所限，实在不敢夸口"完善"。

最后，我谨代表王先生诸多入室弟子，特别感谢为制作此典藏版《中古文学史论》而施以援手的高恒文教授，以及不计工本多次刊行王先生著作的北京大学出版社。

2014 年 3 月 18 日于京西圆明园花园

（典藏版《中古文学史论》，王瑶著，北京大学出版社，2014 年 5 月）

《香港：都市想象与文化记忆》序

又是一次"起了个大早，赶了个晚集"——2011年10月召开的"开封：都市想象与文化记忆"，论文集于2013年1月就刊行了；反而是2010年12月召开的"香港：都市想象与文化记忆"，拖到今天才出书，实在惭愧。之所以如此"步履蹒跚"，有主客观各方面的原因，不说也罢。唯一想强调的是，此举更让我明白，选择香港作为论述对象，确实很有必要。

记得和王德威讨论下次"都市想象与文化记忆"系列国际研讨会在哪里开，我一口咬定就是香港，除了因近年在港中大教书，得天时地利人和之便，更因我深感作为研究对象的"香港"，长期被严重忽略。这一点，是我到香港教书后才逐渐体会到的。

按理说，1991年春我在港中大待过四个月，对这座城市并不陌生。可为了中大讲论会的课程，我还是恶补了一阵子有关香港的社会、历史、宗教、建筑、文化、文学等知识。说实话，给我最大刺激的，还属卢玮銮（小思）教授编著的两本文学书——《香港文学散步》(增订版,香港:商务印书馆,2007年)让我学会"行脚与倾听"(借用黄继持"引言"题目);《香港的忧郁——文人笔下的香港(1925—1941)》(香港:华风书局,1983年)则让我理解香港人平日深藏不露的情感。正如卢玮銮在《序》中所说:"多少年来,在交通、经济的角度看,这小岛愈来愈受重视,没有人会否认她的重要性,但奇怪的是也从没有什么人真正爱过她。……选了适夷《香港的忧郁》作书名,并不是说那是篇特别重要的文章,只是,我觉得这名字,很配合香港的遭遇和性格。"此序言写于1983年,十四年后,香港回归中国,曾引起国人强烈的自豪感。那段时间,大陆媒体上充斥各种关于香港基本情况的介绍。

只是时过境迁,还有多少大陆民众关心香港的历史与现状、政治与法律、学术与文化,以及香港人的前世今生、喜怒哀乐?说起来,不外是国际金融中心、购物天堂、美食圣地;电影业曾经很辉煌,流行音乐也不错;至于人物嘛,商业有李嘉诚,学术有饶宗颐,作家有金庸;演艺明星可就多了,萝卜白菜各有所爱,比如死去的张国荣、梅艳芳,活着的周润发、梁朝伟,还有那擅长搞笑的喜剧天才周星驰……如果我没记错,这就是一般大陆民众心目中的香港。

可这就是香港吗?记得陈国球曾撰《收编香港——中国文学史里的香港文学》(2002年),谈及大陆的文学史家是如何一厢情愿地"驯悍香港"的:"一是以'现实主义'为批评基准,肯定

那些批判'香港社会黑暗'的作家和作品";"一是强调个别作家的怀土之情，如果能够歌颂'统一'、'回归'，当然是最好的展品。"陈文之所以语带嘲讽，是明显地不满香港这种长期的"被书写"的命运。如此主体性意识，在"九七回归"前后，曾得到很大的强化。而回过头来看大陆民众，则依旧按照自己的趣味，讲述他们所理解的"香港故事"；就连学者也都不觉得有调整自己立场、认真倾听港人声音的必要。而随着时间的推移，这种视觉上的"错位"，变得越来越严重。

不说别的，就谈文学及文化。记得1989年初，我来港参加

"文学创作文化反思"研讨会，黄继持、卢玮銮送我好多册《八方》文艺丛刊。当时特别感慨，大陆没有这么视野开阔、印刷精美的文艺杂志。二十多年过去了，我熟悉的北京、上海、广州的文化及学术界正急起直追，不再让香港专美于前。换一种说法，在某些方面，香港其实已经落后了。正是有感于此，陈国球、王德威和我精诚合作，邀请近百位研究香港文学、绘画、电影、新闻、建筑的专家学者，从"都市想象与文化记忆"角度，关注香港这座国际性大都市的前世今生，希望借此给"香港文化"加油打气。

邀请信上，提供给与会代表的参考议题包括：(1) 晚清以来香港的文化生产，如教育、出版、文学、绘画、摄影、音乐、电影、戏剧，以至商业设计等；(2) 晚清以来香港的社会生活、建筑风格、语言变迁；(3) 晚清以来不同时段、不同媒介、不同文类所呈现的"香港"；(4) 晚清以来作家的都市体验与文学表现的关系；(5) 作为思想主体与作为表现对象的"香港人"；(6) 殖民、去殖民、后殖民情境与"香港书写"；(7) 不同媒介、不同文类中香港与其他城市关系的想象。设想不见得落实，计划也不等于业绩，上述议题，有的得到充分论述，有的则无人问津。

而在会议的闭幕式上，我谈了三点设想：

第一，原计划邀请更多的外国学者，可实际到会的，除了东亚，再就是美国的华裔学者。不是组织者不用心，此乃学界的现状。若开"上海"或"北京"的研讨会，我们很容易在欧美学界请到好学者。可见，作为"都市研究"对象的"香港"，尚未成为热门课题。建议香港政府跟学界合作，编纂《香港文学大系》和《香港学术文库》，赠送各国大学及图书馆，以吸引学界的关注。十年后，方才可能有好的研究成果。

第二，走出纯粹的"香港文学研究"格局。香港中文大学有"香港文学中心"，香港教育学院计划编辑《香港文学大系》，这都很好，是我们整个事业的根基。但"都市研究"最好是跨学科的——若人文学及社会科学各领域的专家学者能有更多"同台表演"的机会，通过深入的对话，增进相互间的了解，那样激发灵感，可能出大成果。

第三，学院中人，必须学会与公众对话，能上能下，能雅能俗，能深能浅，那才是比较理想的状态。此次会议因议题的关系，得到诸多香港媒体的关注，会前专访，会后刊文，效果很不错。记得胡适说过，有人称羡他地位特殊，有说话的自由，而他的解释是：我的自由是自己一点一点争取来的。当今世界，各国大学里的人文学者，因学术评鉴的关系，大都变得日渐封闭，不太愿意跟公众对话，这可不是好现象。尤其是都市文化研究，宁愿屡败屡战，也不可采取"不全宁无"的姿态，拒人于千里之外。

会议终于圆满结束了，讨论如何编论文集时，我出了两个馊主意：第一，论文集最好在大陆出版，主要不是考虑印数，而是希望更多大陆读者了解香港，尤其是理解香港学者的立场及思路；

第二，评审论文时，自觉向香港学者倾斜——只要说得过去的，尽可能选入。正因这两个建议，日后论文集在编辑出版过程中，碰到了很多意想不到的困难。

好在经由北大出版社及各位作者的不懈努力，论文集即将刊行。我总算可以松一口气了。经历了这么一番磨炼，更坚定我当初的预感：谈论香港，很可能比谈论其他任何一个城市都要复杂得多。也正因此，这个话题仍有很大的发展空间，值得后来者认真耕耘。

本书共分五辑，前两辑乃传统的文史研究，只是因政局变化，分为上下篇；第三辑讨论香港电影；第四辑则是在冷战大背景下，谈论港台及东南亚文坛的互动；第五组很特别，是两位建筑师的工作理念与保育体会。

最后，请允许我代表另外两个编者陈国球、王德威，向参加此次会议的全体代表（限于篇幅，很多论文无法入选），以及提供经费支持的香港中文大学中国语言及文学系、香港教育学院中国文学文化研究中心、北美蒋经国基金校际汉学中心，表示衷心的感谢。

2014 年 8 月 28 日于香港中文大学客舍

（《香港：都市想象与文化记忆》，陈平原、陈国球、王德威编，北京大学
出版社，2015 年）

附录　陈平原编校序跋存目 *

　　《前言》,《二十世纪中国小说理论资料》第一卷（与夏晓虹合编,北京大学出版社,1989 年）,收入《小说史：理论与实践》（北京大学出版社,1993、1999 年）,题为《清末民初小说理论》;

　　《导读》,《漫说文化丛书·闲情乐事》（北京：人民文学出版社,1990 年；上海：复旦大学出版社,2005 年）,收入《漫说文化》（与钱理群、黄子平合作,长沙：湖南教育出版社,1997 年）与《二十世纪中国文学三人谈·漫说文化》（与钱理群、黄子平合作,北京大学出版社,2004 年）,题为《难得浮生半日闲》;

　　《导读·漫说文化丛书·佛佛道道》（北京：人民文学出版社,1990 年；上海：复旦大学出版社,2005 年）,收入《漫说文化》与《二十世纪中国文学三人谈·漫说文化》,题为《何必青灯古佛旁》;

---

　　* 此存目仅收录为自家编校书籍所撰序跋,且已入本书者除外。

《导读》,《漫说文化丛书·读书读书》(北京:人民文学出版社,1992年;上海:复旦大学出版社,2005年),收入《漫说文化》与《二十世纪中国文学三人谈·漫说文化》,题为《漫卷诗书喜欲狂》;

《导读》,《漫说文化丛书·神神鬼鬼》(北京:人民文学出版社,1992年;上海:复旦大学出版社,2005年),收入《漫说文化》与《二十世纪中国文学三人谈·漫说文化》,题为《兼问苍生与鬼神》;

《导读》,《漫说文化丛书·生生死死》(北京:人民文学出版社,1992年;上海:复旦大学出版社,2005年),收入《漫说文化》与《二十世纪中国文学三人谈·漫说文化》,题为《未知死焉知生》;

《〈文学史〉第二辑编后记》(《文学史》第二辑,北京大学出版社,1995年),收入《假如没有"文学史"……》(北京:生活·读书·新知三联书店,2011年);

《〈文学史〉第三辑编后记》(《文学史》第三辑,北京大学出版社,1996年),收入《假如没有"文学史"……》;

《老北大的故事(代序)》,《北大旧事》(与夏晓虹合编,北京:生活·读书·新知三联书店,1998年;北京大学出版社,2009年),收入《老北大的故事》(南京:江苏文艺出版社,1998年;增订版,北京大学出版社,2009年),题为《校园里的真精神》;

《总说：触摸历史与进入五四》，《触摸历史——五四人物与现代中国》（与夏晓虹合编，广州出版社，1999年；北京大学出版社，2009年），收入《触摸历史与进入五四——一场游行、一份杂志、一本诗集》（台北：二鱼文化出版公司，2003年）与《触摸历史与进入五四》（北京大学出版社，2005、2010年），题为《五月四日那一天——关于"五四"运动的另类叙述》；

《导言》，《中国散文选》（天津：百花文艺出版社，2000年），未入集；

《导读：晚清人眼中的西学东渐》，《点石斋画报选》（贵阳：贵州教育出版社，2000、2014年），收入《左图右史与西学东渐——晚清画报研究》（香港：三联书店，2008年），题为《晚清人眼中的西学东渐——以〈点石斋画报〉为中心》；

《导读：经典是怎样形成的——周氏兄弟等为胡适删诗考》，《尝试集·尝试后集》（贵阳：贵州教育出版社，2001、2014年），收入《触摸历史与进入五四——一场游行、一份杂志、一本诗集》与《触摸历史与进入五四》，题为《经典是怎样形成的——周氏兄弟等为胡适删诗考》；

《导读：学问该如何表述——关于〈章太炎的白话文〉》，《章太炎的白话文》（贵阳：贵州教育出版社，2001、2014年），收入《触摸历史与进入五四——一场游行、一份杂志、一本诗集》与《触摸历史与进入五四》，题为《学问该如何表述——关于〈章太炎的

白话文〉》;

《导论：以"图像"解说"晚清"》，《图像晚清——点石斋画报》（与夏晓虹合作编注，天津：百花文艺出版社，2001 年；【珍藏本】，百花文艺出版社，2006 年；【修订版】，北京：东方出版社，2014 年），收入《"新文化"的崛起与流播》（北京大学出版社，2015 年），题为《以"图像"解说"晚清"——〈图像晚清〉序》；

《小引》，《晚明与晚清——历史承传与文化创新》（与王德威、商伟合编，武汉：湖北教育出版社，2002 年），收入《学术随感录》（开封：河南大学出版社，2006 年）与《假如没有"文学史"……》；

《后记》，《中国文学研究现代化进程二编》（北京大学出版社，2002 年），收入《学术随感录》与《假如没有"文学史"……》；

《总序》，"寻踪丛书"（南昌：江西教育出版社，2002 年起刊行），收入《学术随感录》与《读书是件好玩的事》（北京：中华书局，2015 年）；

《序》，《大众传媒与现代文学》（与山口守合编，北京：新世界出版社，2003 年），收入《学术随感录》与《假如没有"文学史"……》；

《导读》，《国故论衡》（上海古籍出版社，2003、2006、2011 年），曾刊《浙江社会科学》2003 年第 1 期，题为《兼及"著作"与"文章"——略说〈国故论衡〉》，未入集；

《导读：思想史视野中的文学——〈新青年〉研究》，《〈新青年〉

文选》(贵阳：贵州教育出版社，2003、2014年)，收入《触摸历史与进入五四———一场游行、一份杂志、一本诗集》与《触摸历史与进入五四》，题为《思想史视野中的文学——〈新青年〉研究》；

《序》，《现代学术史上的俗文学》(武汉：湖北教育出版社，2004年)，收入《学术随感录》与《假如没有"文学史"……》；

《序一：北京记忆与记忆北京》，《北京：都市想像与文化记忆》(与王德威合编，北京大学出版社，2005年)，收入《北京记忆与记忆北京》(北京：生活·读书·新知三联书店，2008年)，题为《北京记忆与记忆北京》；

《序》，《早期北大文学史讲义三种》(北京大学出版社，2005年)，收入《假如没有"文学史"……》；

《序言》，《教育：知识生产与文化传播》(合肥：安徽教育出版社，2007年)，收入《假如没有"文学史"……》；

《学术史课程的理念与实践（代序）》，《学术史：课程与作业——以"中国现代文学学科史"为例》(合肥：安徽教育出版社，2007年)，收入《假如没有"文学史"……》；

《作为"文化工程"与"启蒙生意"的百科全书（代序）》，《近代中国的百科全书》(与米列娜合编，北京大学出版社，2007年)，收入《"新文化"的崛起与流播》，题为《作为"文化工程"与"启蒙生意"的百科全书——〈近代中国的百科辞书〉代序》；

《序言》，《西安：都市想象与文化记忆》(与王德威、陈学超

合编,北京大学出版社,2009 年),收入《假如没有"文学史"……》;

《小引》,《红楼钟声及其回响——重新审读"五四"新文化》
(北京大学出版社, 2009 年), 收入《假如没有"文学史"……》;

《想我筒子楼的兄弟姐妹们（代序）》,《筒子楼的故事》(北
京大学出版社, 2010 年), 收入《花开叶落中文系》;

《导读》,《何为大学——〈蔡孑民先生言行录〉》(台北：大
块文化出版公司,2011 年 ; 北京：海豚出版社,2012 年),曾刊《学
术月刊》2010 年第 4 期, 题为《何为"大学"——阅读〈蔡孑民
先生言行录〉》, 未入集 ;

《后记》,《北大中文百年庆典纪念册》(自刊本,2011 年),
收入《花开叶落中文系》;

《回首烟波浩渺处——〈鲤鱼洲纪事〉前言》,《鲤鱼洲纪事》
(北京大学出版社, 2012 年), 收入《花开叶落中文系》;

《导读：在"文学史著"与"出版工程"之间》,《〈中国新文
学大系〉导言集》(贵阳：贵州教育出版社,2014 年),收入《"新
文化"的崛起与流播》, 题为《在"文学史著"与"出版工程"之
间——〈中国新文学大系导言集〉导读》;

《导读：作为"绣像小说"的〈文明小史〉》,《〈文明小史〉
与"绣像小说"》(贵阳：贵州教育出版社, 2014 年), 收入《"新
文化"的崛起与流播》, 题为《作为"绣像小说"的〈文明小史〉》。

作者简介

　　陈平原，广东潮州人，文学博士，北京大学中文系教授（2008—2012年任北大中文系主任）、教育部"长江学者"特聘教授、中央文史研究馆馆员、国务院学位委员会学科评议组成员、中国俗文学学会会长。曾先后在日本东京大学和京都大学、美国哥伦比亚大学、德国海德堡大学、英国伦敦大学、法国东方语言文化学院、美国哈佛大学以及香港中文大学、台湾大学从事研究或教学，2008—2015年兼任香港中文大学中国语言及文学讲座教授（chair professor，与北京大学合聘）。曾被国家教委和国务院学位委员会评为"做出突出贡献的中国博士学位获得者"（1991）；获教育部颁发的第一、第二、第三、第五、第六届高等学校科学研究优秀成果奖【人文社会科学】（1995，1998，2003，2009，2013年）、北京市第九、第十一、第十二届哲学社会科学优秀成果奖（2006，2010，2012年）等。先后出版《中国小说叙事模式的转变》、《中国现代小说的起点》、《千古文人侠客梦》、《中国散文小说史》、《中国现代学术之建立》、《触摸历史与进入五四》、《作为学科的文学史》、《左图右史与西学东渐》、《当代中国人文观察》、《老北大的故事》、《大学何为》、《大学有精神》等著作三十余种。另外，出于学术民间化的追求，1991—2000年与友人合作主编人文集刊《学人》；2001—2014年主编学术集刊《现代中国》。

生活·读书·新知三联书店刊行陈平原编著

《北大旧事》（与夏晓虹合编），1998年；

《茶人茶话》（与凌云岚合编），2007年；

《学者追忆丛书·追忆蔡元培》（与郑勇合编），2009年；

《学者追忆丛书·追忆王国维》（与王风合编），2009年；

《学者追忆丛书·追忆章太炎》（与杜玲玲合编），2009年；

《王瑶先生百年诞辰纪念论文集》（与温儒敏合编），2014年。

《看图说书——中国小说绣像阅读札记》，2003年；

《从文人之文到学者之文——明清散文研究》，2004年；

《当年游侠人——现代中国的文人与学者》，2006年；

《学者的人间情怀——跨世纪的文化选择》，2007年；

《北京记忆与记忆北京》，2008年；

《假如没有文学史……》，2011年；

《花开叶落中文系》，2013年；

《自序自跋》，2014年；

《大学小言——我眼中的北大与港中大》，2014年。